おきざりにした悲しみは

おきざりにした悲しみは

原田宗典

岩波書店

装丁　原研哉
装画　長岡毅

Ⅰ

暑い。

二〇二三年、長坂誠《ながさかまこと》の八月は、激痛から始まった。

あんまり暑かったので、マスクを外しヘルメットを脱いで、煙草を吸いにいこうとした時のことだ。立てかけてある大型ラックのフレームをくぐろうとした矢先、右膝がかくっと言って力が抜けた。よろめいた拍子に、額を思いっきりぶつけてしまったのだ。

「がッ！」

と一声上げるなり、長坂誠は昏倒した。

後で聞いた話では、発達障害の同僚佐々木君が大騒ぎして、すぐに救急車を呼んでしまったらしい。救急車の中で目覚めた時、ああ、おれは生まれて初めて救急車に乗っているぞ、と思った。傷口にはガーゼが当てられ、血は止まっていたが、頭はズキズキ痛んだ。

担ぎ込まれた先の市立病院では、レントゲンも撮られたが、骨に異常はないとの診断だった。傷口はホチキスみたいな医療器具で、

「バチン！　バチン！」

と留められて、ガーゼを貼り包帯を巻いて、柔らかいネットを被せられた。見てくれは、かなりの重症のようである。これはちょっと大袈裟だな、と六人部屋のベッドの上で、ぼんやり思う。と、五時を回った頃だろうか、班長の立林《たてばやし》がやってきた。汗だくで肩をいからせ、病室へ入ってくるなり、こう言い放つのだった。

「困る！　困るんだよなあ、長坂さん！」

えらい剣幕だった。大丈夫か、の一言もなしに、いきなりこの物言いである。

「六百九十五日！　六百九十五日無事故できたんだよ！　それを何！　頭なんか打って！　台無しじゃない！　マジで困るんだよ、長坂さん！　どうしてくれるのよ。第一さあ、何でヘルメット被ってなかったわけ！」

「いや、暑かったからさあ。ついヘルメット脱いで、喫煙所まで行く途中でね、膝がかくっとなって、うっかり頭ぶつけちゃったんだよ」

「うっかり！　そのうっかりが困るんだよ！」

「……すみません」

「すみませんじゃ済まないよ！　どうすんのよ六百九十五日！　あと五日だったのに！」

「どうすると言われても……」

「あんた、もう煙草止めなよ！　煙草なんか吸ったって、何もいいことないよ。煙草禁止！」

「煙草禁止ねえ……」

この若造が、何を吠えてやがるんだ。煙草を吸おうが吸うまいが、おれの勝手じゃねえか。お前なんかに言われて、誰が止めるもんかよ。

「煙草禁止ね！　分かった？」

「はいはい、分かりました」

立林は四十になったばかりの、さえない小太りのおじさんだ。いつか正社員になるのが夢で、どう考えてもそれは無理なのに、上の人たちがいる前では「僕こんなに頑張ってます」のアピールがすごい。その分、フォークリフト班の仲間たちには厳しくて、何しろ口うるさい。口を開けば、文句か愚痴ばかりで、みんなから嫌われている哀れな奴だ。

「それからね、長坂さん。あんた明日、出てきてくれなくちゃ、困るよ」

「え？　明日？　休めないの？」

「だめだめ！　軽傷なんでしょ。すぐにでも帰れるって、医者に聞いたよ。今日帰れるんなら、明日仕事にも来られるでしょうが」

「きついなあ」

「困るんだよ休まれちゃあ。玉川さんと横田さん、休み取っちゃって、それでシフト組んでんだから。そこへあんたまで休まれたら、もう手も足も出ないよ」

「そうなのか……」

「明日だけじゃないよ。明後日も明々後日も休んじゃだめだよ。シフト守ってくれないと困るよ。休んだら、もう許さないからね！　じゃあね、おれ帰るから。明日、絶対出てくるんだよ。分かったね！」

立林は怒鳴り散らして、病室を出ていった。仕切りのカーテンは開いていて、二人の会話は筒抜けだった。病室内にいた他の患者たちは、皆一様にぽかんとした顔で、こちらを眺めている。

「何だいありゃ？　気違いかい？」

やがて隣のベッドの老人が、声をかけてきた。

「そうなんですよ。あの馬鹿、暑くて、頭おかしくなってるんですよ」

「あんたも大変だねえ。あんな奴の下で働くんじゃあ」

「そうなんです。大変なんですよ」

老人はおそらく八十代。白いマスクをしているので、表情ぜんたいは分からないが、痩せた眼光の鋭いおじいさんだ。老人は続けてこう言った。

「ありゃあ、前世がないな」

「前世？」

「人間やるの、初めてなんだよ。前世はずうっと虫とか獣とか草とかでね。人間になったのは、今回が初めてなんだな。だからあんなふうなんだよ」

「なるほど」

「ああいうどうしようもなく嫌な奴ってのは、どこの職場にも必ず一人や二人いるもんさ。そういう奴はきっと人間やるの初めてなんだな。慣れてないんだよ、初めてだから。そう思って、やり過ごすがいいよ」

この話に長坂誠はいたく感心した。言われてみれば、確かに立林は人間やるのが初めてだと思える人物だ。

「ありがとうございます。いい話を聞きました。何かこう、救われた感じがします」

「いやいや、老人の戯言さ。あんた、幾つだい？」

「六月で六十五になりました」

「ほう、若く見えるね。六十五か……」

老人はこちらの顔をじっと見つめてから、急に遠い目になってしばらく考え込み、

「ご家族は？」

「一人者です」

「そうかい。お故郷《くに》はどちらで？」

「岡山です」

「おお、岡山か。わしゃあ広島じゃ」

「あ、そうなんですか。おれ、広島カープの大ファンです」

「そりゃあ嬉しいのう」

二人は、声を合わせて笑った。

「あんた、岡山に帰る家はあるんか？」

「家っていうか、母親と妹が一緒に暮らしてます」

「そりゃあええが。帰る所があるいうんは、ありがたいことじゃが」

「そうですね」

今年八十九歳になる母の光枝《みつえ》と、一つ年下の妹みどりの顔が、ぼんやりと浮かぶ。二人ともすっかり年をとってしまって、思い出すと必ず切ない気持になる。二人は岡山市郊外の市営住宅で、慎ましい暮らしを営んでいる。コロナ禍になってから、もう三年も帰省していない。あそこが自分の帰る家なのかと思うと、胸が締め付けられるように感じる。不甲斐ない自分が、嫌になる。

「ごはんですよー」

そこへ看護師がワゴンを押して入ってきた。時計を見ると、五時半を回っている。

「おれ、もう帰ってもいいですか？」

「ええ、結構ですよ。一階でお会計、お願いしますね」

「分かりました。じゃあ、これで失礼します」

隣のベッドの老人に声をかける。

「おお、行くんかい」

「ためになるお話、ありがとうございました」

「体に気ィつけてな。あんまり頑張りすぎんと、ぼちぼちやるんがええで」

「はい、そうします。失礼します」

そう言って、病室を後にする。そしてエレベーターの中で鏡に映る自分の姿を見て、作業服に安全靴のままであることに今更気づいた。胸の右ポケットには煙草とライター、左ポケットに遠近両用眼鏡、ズボンのポケットにはスマホと財布が入ったままだった。改めて眼鏡をかけて見ると、頭に巻いた包帯が痛々しい。というか仰々しい。

一階の受付に保険証を出して、会計を済ませる。千八百円だった。次に院内薬局で薬をもらう。抗生物質の軟膏と替えのガーゼ、包帯。こちらは三百三十円だ。一階ロビーに人の姿は少なかったが、誰もが自分の頭を物珍しげに見ているような気がした。

正面玄関の自動ドアをくぐると、ものすごい熱気がわっと押し寄せてきた。外はまだ暮れていなかった。強烈な西陽が、肌に突き刺さるようだ。

暑い。暑すぎる。一体ぜんたい何なんだこの暑さは？　地球温暖化にもほどがあるってもんだろう。病院前のバス停の熱いベンチに腰掛けて、誰にともなく毒づく。

これは日本の夏の暑さじゃない。インドだ。まるきりインドの暑さじゃないか。

遠い昔、長坂誠は新婚旅行でインドを訪れたことがある。インドは朝からいきなり暑かった。気温が徐々に上昇するのではなく、日の出とともに思い切り暑くなる。その陽射しは終日容赦がなくて、アスファルトの上で目玉焼きが焼けそうなほどだった。あの暑さの中で、二桁のかけ算を暗記してるというのだから、インド人は偉いなあ。おれなんか九九も怪しいものだもんな。特に七の段が未だに苦手だ。そういえば初美《はつみ》も同じようなことを言っていたっけ。あいつ、やたらと数字に弱かったもんな。

初美とは、渋谷にあるデザイン専門学校で知り合った。同い年で、お互い二十三歳だった。初めて会った時、彼女は百号のキャンバス一杯に、赤いバナナの絵を描いていた。背後から、いいねと声をかけると、

「そうでしょ」

と振り返って、笑った。その時の笑顔は、今でも忘れられない。

後になって分かったことだが、彼女は子供を産めない体だった。そして、だからこそ誰とでも寝る女だった。

二人は三年ほど同棲した後、二十八歳の時に籍を入れた。インドへ行ったのは、その頃のことだ。まだバブルが弾ける前で、世間の景気はすこぶるよかった。二人は乃木坂のマンションのワンルームを借りて、デザイン事務所を始めた。当初は断るほど仕事があって、それなりに稼ぎもしたけれど、長くは続かなかった。やがてバブルが弾けて、仕事がみるみる減ってきたのだ。長坂誠は焦った。焦ってもどうしようもないことは分かっていながら、焦った。しかし、どうしようもなかった。

三年後、三十一歳の時、二人は互いに浮気をしていることが発覚して、大喧嘩になった。結局、初美は身一つで出ていった。離婚届が郵送されてきたのは、その一年後のことだ。離婚の証人の欄には、知らない男の名前と印が、二つ並んで記入されていた。

数日後、離婚届を提出しにいった豊島区役所の職員は、腕時計を見ながら、

「はい、では！　平成五年十月二日午後四時三十五分、離婚が成立しました！」

と嬉しいことでもあったかのように宣言した。あの時の、何とも言えず苦々しい、惨めな気持。長坂誠は平気なふうを装っていたが、その実深く傷ついていた。すっかり沈み込んで、自暴自棄になった。

今思い返すと、あれは鬱病だったのだろう。何もかもどうでもよくなって、死んだように生きている日々が続いた。やがて仕事も住処《すみか》も失い、長坂誠は酒とドラッグに溺れた。そして何年もの間、深

い憂鬱の底に澱んだまま、浮かび上がることができなかった……。

ようやくバスがやってきた。武蔵小金井駅行きだ。

長坂誠は、どうしようもない三十代の自分を停留所のベンチの上におきざりにして、バスに乗り込んだ。

2

さくら荘は東京郊外、小平市の外れにある。

最寄駅は武蔵小金井。歩くとなると、三十五分はかかる。季節の良い時ならまだしも、夏はとてもじゃないけど歩ける距離ではない。だから、武蔵小金井駅からは、北行きのバスに乗る。十分ほどで、大学グラウンド前で降りる。最近できた餃子の無人販売所。カウンターだけのラーメン屋。そしてコロナ禍で店を閉めてしまった小さな八百屋の角を左に曲がる。

この一帯は、おそらく広い耕作地だったのだろう。角の八百屋は、その名残りだ。道の左右、共に住宅街だ。しばらく行って右に曲がる。ぽかんと拓けた土地の中に、木造モルタル二階建てのさくら荘が見える。築四十年。一階に三部屋、二階に三部屋。全部の部屋がふさがっていることなど、ここ十数年、一度もない。今も長坂誠の他には、23号室に母子三人が暮らしているだけで、あとは空室のままだ。

さくら荘が学生たちに人気がないのは、風呂が古くて狭い上に、トイレが和式だからだ。しかし人気がないから、三万八千円という破格の家賃ではある。

大家は桜木浩一《さくらぎこういち》という五十がらみの男で、隣の国分寺市のマンションに年老いた母親と二人で暮らしている。薄毛が悩みの種であるらしく、禿げ上がった額をごまかすべく、後ろの方から髪を持ってきていて、結果として実にトリッキーな髪型になっている。コロナ以前は二週に一度くらいはやってきて、共用部分の掃除をしていたが、ここ二年ほどはほったらかしのままである。

「暑う……」

声に出して呟きながら、長坂誠はさくら荘に近づいていった。外階段の脇に赤錆びた郵便受けが六つ並んでいる。越してきて五年、請求書かチラシ以外に何も届いたことがないので、中を確かめる気にもなれない。外階段の下には、自転車が一台、停めてある。越してきたばかりの頃、八千円で購入した中古のママチャリだ。沈みかけた西陽の当たる外階段を上って最初の扉、21号室が長坂誠の寝座《ねぐら》だ。

「うわあ……」

扉を開けると、日中に籠もった熱気がわっと押し寄せてきた。とんでもない暑さだ。エアコンを入れ、西側と南側の窓を開け放って、一旦熱気を外へ逃がす。汗に濡れた作業服を脱ぎ、パンツ一丁になって、その場に座り込む。

六畳一間の室内は、泥棒が家捜しをした後のように散らかっている。休みの度に、今日こそ掃除しようと思うのだが、どうしても体が動かない。いつもくたくたに疲れ切っているのだ。特にここ一年は、体力の衰えを感じる。

「おれはもうおじさんではなく、おじいさんだ」

長坂誠は自嘲気味に呟いて、しばらくぼうっとしていた。何もやる気がしない。年とともに、この何もやる気がしない時間が増えてきたような気がする。

「よおし。立て誠。立って、窓を閉めて、シャワーを浴びるんだ」

そう自分に言い聞かせて、ようやく立ち上がる。二箇所の窓を閉め、頭の包帯を外し、パンツを脱いで風呂場に向かう。

もう痛みは治まっていたが、一応額の傷を気遣いながら、髪を洗い顔を洗う。体を洗って存分に流し、風呂場を出ると、生き返ったような気がした。風呂の力は偉大だ。飯と同等、あるいはそれ以上のリフレッシュ効果がある。風呂上がりのこのさっぱりした感覚。ほんの一瞬かもしれないが、今この瞬間、おれは幸せだ。

エアコンのおかげで、部屋は適度に冷えていた。

これでビールがあれば、最高なんだけどな。しかしまあ贅沢は言うまい。

五年前に上京してから、酒は一滴も飲んでいない。それは主に経済的な事情からだが、一旦飲み始めるとキリがなくなるのが、自分でもよく分かっているからだ。

武蔵小金井の駅ビルで買ってきたおにぎり二個と野菜ジュースを、ゆっくり食べる。明太子とツナマヨ。本当ならおかずに一品、野菜炒めでも欲しいところだが、とてもじゃないけど作る気にはなれない。

テレビをつける。ロシアによるウクライナ侵攻のニュースをやっていた。画面には、休憩中の若いウクライナ兵が煙草を吸っている様子が映し出されていた。

それを見ながら自分も煙草を咥え、火をつける。銘柄はロングピースだ。この煙草を吸うのには、ちょっとしたわけがある。ちょうど二十年前、二〇〇三年のことだ。アメリカが国連の安保理決議を経ずにイラクに侵攻した時、長坂誠は頭にきた。抗議のつもりで、もうアメリカ製品は買わないと決めて、それまで吸っていたラッキーストライクを止め、ロングピースに切り替えたのだ。下らない、と笑われるかもしれないが、現にこうして二十年たった今でも、あの時のアメリカの蛮行を忘れないでいる。そして煙草を吸う度に、平和について思いを馳せ続けているのだ。

ウクライナで戦う兵士たちに、ロングピースを届けてやれればなあ。

そんなことを夢想する。ロングピースは名前もいいが、味や香りも最高だ。おそらく世界一美味い紙巻煙草だと思う。命懸けの戦闘の合間にほんの五分、嗜《たしな》む平和は、どんな味がするだろう。

一本の煙草をゆっくりと吸い終え、目を瞑る。そしてそのまま、うとうとと眠り込んでしまう。

何やら、物音が、する。

長坂誠は、ぼんやりと目覚めた。小机の上の時計を見ると、午後十時を回っていた。

物音は玄関扉の向こう、つまり外の廊下から聞こえてくる。洗濯機が置いてあるあたりだ。何だろう？　野良猫だろうか。

立ち上がり、玄関に近づく。扉をそうっと開けてみる。

そこには中学生らしき女の娘が立っていた。空のペットボトルを胸に抱き、片手で洗濯機の給水ホースと水道の蛇口との繋ぎ目をいじっていたらしい。いきなり顔を合わせたので、女の娘はびっくりして、体を固くした。黒目がちの澄んだ瞳をした美少女だ。

「どうしたの？」

尋ねてみても、女の娘は硬い表情のまま、何も答えない。改めてその顔を見て、隣の隣、23号室の女の娘だと合点がいった。

「どうしたの？　水？」

女の娘が手にしている空のペットボトルを見て、もう一度尋ねてみる。彼女は無言のまま、小さく頷いた。

「貸してごらん」

長坂誠は彼女からペットボトルを受け取り、すぐ傍らの流しの蛇口で水を汲んだ。それを手渡してやりながら、

「どうしたの？　水、出ないの？」

「そうなの。出ないの」

「ええ！　いつから？」

「昨日から」

「お母さんは？」

「いないの。ありがとう」

女の娘はちょこんと頭を下げて、行こうとする。

「ちょ、ちょっと待って」

サンダルをつっかけて、後を追う。女の娘は23号室の玄関扉を開けて、中へ入ろうとするところだ

った。玄関先に立って覗き込むと、中は異常な蒸し暑さで、真っ暗である。電気も止められているのだと、すぐに分かった。奥の六畳間に、小さな影がうごめいている。小学生の弟だろう。

「こりゃあ暑いな。大丈夫?」

「大丈夫」

室内は蒸し暑いだけでなく、変な臭いが漂っている。水が止められて、トイレが流せないのだろう。そのことに気がついたので、

「ちょっと待ってな」

と言い置いて取って返し、青いポリバケツに水を汲んで、戻ってくる。

「トイレはこれで流すといいよ」

「ありがとう」

今年の一月に越してきた、23号室の母親のことを思い出す。マスクをしていたのではっきりとは分からなかったが、四十代の男好きのする女だった。

「生き方、と書いて生方《うぶかた》と申します。どうぞよろしくお願いします」

母親はそう言って、頭を下げた。へえ、格好いい名前だな、と感心した記憶がある。

「そうかあ、お母さんいないのか。いつからいないの?」

改めて尋ねてみる。女の娘はしばらく遠くを見るような目で考えてから、

「七月の……十一日くらいから」

「ええ!　もう二十日も前じゃないか。どこへ行ったの?」

「知らない」

「知らないって……何か言ってなかった?」

「すぐ帰ってくるからって言って、一万円置いていったよ」

「それからずっと二人きりなの?　お父さんは?」

お父さん、と聞くと、女の娘は急に険しい顔つきになって、首を激しく横に振った。

「それじゃあ、あれだな、警察に相談してみた方がいいんじゃないかな」

「警察、嫌!」

女の娘は大声を上げて拒絶した。

「警察、絶対嫌!　私、待ってるんだもん!　お母さん、帰ってくるんだから!　待ってるんだから!」

長坂誠は女の娘の潤んだ瞳を見て、自分が地雷を踏んだことを知った。

「そうか、そうだね。お母さん、きっと帰ってくるよね。警察なんか呼ばない方がいいよね。でも、君たちは本当に大丈夫なの?　水も電気も止められてるんだろ?」

「大丈夫」

「ご飯は?　ちゃんと食べてる?」

「大丈夫だってば!」

女の娘は勢いよく扉を閉め、中に引っ込んでしまった。鼻先で扉を閉められて、しばらくその場に立ち尽くす。ほんの二、三分の立ち話だったが、表は蒸し暑くて、全身びっしょり汗をかいてしまった。

「お父さん」と「警察」は禁句なんだな。

自分の部屋に戻って、もう一度シャワーを浴びる。同時に、あの子たちはシャワーも浴びられないんだな、と気の毒に思う。水が出なくては、濡れタオルで体を拭くこともできないではないか。

テレビの前の座椅子に腰を下ろし、煙草に火をつける。日本は、本当に平和なのか？　女の娘の黒目がちな澄んだ瞳とともに、そんな疑問が湧いてくる。

3

長坂誠の朝は早い。

最初は大谷翔平の試合を観るための早起きだったが、いつの間にか自然と五時には目覚めるようになってしまった。今では出勤前のこの二時間弱こそが、自分が自分でいられる貴重な時間となっている。

顔を洗い、歯を磨き、ドリップコーヒーを淹れる。

さて、何をするか？

それは日によって様々だ。テレビをつけて大リーグ中継をただぼんやり眺めることもあれば、ギターを爪弾きながら小声で歌うこともある。ギターはもう三十年以上も前に中古で買ったギブソンのハミングバードで、何度引越しをしても、決して手放さなかった愛器である。これを爪弾きながら、自分で書いた詩に曲をつけてみたりする。六畳間の襖には何枚かの原稿用紙が画鋲で留めてある。その中の一枚は、例えばこんな詩だ。

孤独さえも

おれを見放す
そして本当に
一人きりになってしまった
未来に出会うはずの人たちと
おれはすれ違ってしまったのだろうか

四、五年前に書いたものだが、未だにこれといった曲をつけられないままでいる。

あるいは本を読む。上京したばかりの頃は、フィリップ・K・ディックばかり読んでいたが、その後一年かけてカフカの『城』を読んだり、高校時代に夢中になった大江健三郎を読み耽ったりした。読むと必ず自分でも何か書いてみたくなり、原稿用紙に万年筆を走らせるのだが、十枚も書かないうちに筆が止まるのが常である。

昨年は、大阪の特別養護施設に入っている親父が危ないらしいと妹みどりから連絡があった。父仁《じん》義《ぎ》と母光枝は、もう四十年も前に離婚している。ということは、長男の自分が喪主ということになるではないか。これはもう何かの新人賞でも獲って、葬式代を一気に稼ぐしかない、と意気込んだ。狙いをつけたのは、フランソワ出版の官能小説大賞というやつで、賞金は百万円だった。

窮すれば通ずとはよく言ったもので、ちょっと面白い筋立てを思いついた。長い間会わなかった父親と息子が、ともに変態で、同じ留置所の隣の房に入れられ、それと知らずにお互いの趣味や半生について壁越しに語り合う、という話である。長坂誠はこの官能小説を、会社への行き帰りのバスの中で、スマホに書いた。それは、不思議な背徳感を伴う、密かな愉しみとなった。かなりいいところまでいってる、と自分では思ったのだが、十月末の〆切には間に合わなくて、急激に創作意欲を失ってしまった。

それからもう一つ、これが本筋なのだが、長坂誠には絵を描く才能があった。岡山にいた五十代の頃には、納得のいく百号の絵を三枚描いた。が、東京に来てからはどうもその気になれない。三年前、コロナ禍が始まって間もなく、二十号の自画像を描きかけたが、気に入らなくて、放ってある。それは西側の窓枠に立てかけてあるのだが、目にする度に「だめだな」と沈んだ気持になる。

ギターと詩と本と小説と絵。どれもこれも得意だが、どれもこれも中途半端だ。しかし「人生の価値は、何を成し得たかではなく、何を成そうとしていたかで決まる」という言葉もある。その意味において、長坂誠の人生には確かな価値があると言えよう。

五時二十分。

コーヒーを飲みながら煙草を一本吸い終えると、長坂誠は財布を手にして立ち上がった。玄関扉を開け、外に出て、廊下の突き当たりを確かめる。23号室の扉は十五センチほど開いている様子だ。エアコンが動かないから、そうやって風を通しているのだろう。大丈夫だろうか?

今日も朝っぱらから、いきなり暑い。

外階段を下り、歩いて近所のコンビニへ向かう。町はまだ目覚めていない。昇ったばかりの朝陽が、額の傷を照らし出す。

コンビニでは、自分の分の焼きそばパンと野菜ジュース。あの子たちのために、でかいペットボトルのポカリスエット二本とおにぎり四個を購入した。

「今日はたくさん買うネ」

顔見知りのベトナム人店員チャウミー君が、愛想よくそう言ってから自分の額を指差して、

「ここ、どうしたノ？」

「ちょっとね、転んだの。あ、煙草もちょうだい」

「はい。ロングピースだネ」

支払いを済ませ、今来た道をさくら荘へと帰る。

外階段を上り、洗濯機の蓋の上に焼きそばパンと野菜ジュースと煙草を載せて、おにぎりとポカリスエットの入ったレジ袋を手に、23号室に歩み寄る。扉にはチェーンロックがかけてあり、足元には小さな運動靴が挟んである。中はしんと静まり返っている。二人とも、まだ眠っているのだろう。扉の隙間からレジ袋ごと荷物を中へ押し込んで、自分の部屋に戻る。悪いことをしているわけじゃないのに、足音を忍ばせている自分が、何だか滑稽に思える。

「何をやってるんだおれは」

焼きそばパンをかじりながら、ひとりごちる。こんな自己満足の小さな親切よりも、警察に連絡する方が、あの子たちのためになるのではないか？　しかし「警察、嫌！」と叫んだ時の、あの娘の必死の形相。それを思い出すと、どうしても躊躇《ためら》われる。

「おれって奴は、いつもこうだ」

何をするにつけ、躊躇っているうちに月日が流れる。そしていつも、取り返しがつかないことにな

ってしまう。その繰り返しだ。

西側の窓を見る。描きかけのだめな自画像が、じっとこちらを見つめている。

長坂誠の勤め先、オリエント食品の物流倉庫は、京王線の中河原にある。さくら荘からはバスで武蔵小金井駅に出て、府中行きのバスに乗り換え、府中駅からは京王線で新宿とは反対方面へ二駅で中河原だ。京王線はともかくとして、バスの乗り継ぎが上手くいく時と上手くいかない時の差が大きくて、実に悩ましい。が、文句は言うまい。この年になって、雇ってもらえているだけでもありがたいと思わねば。

この日、長坂誠は始業八時の十五分前に到着したのだが、同僚たちからはまるで英雄のように迎えられた。

「大丈夫なんですか?」

「よく出てきたねえ」

「休んだ方がいいんじゃないの」

同僚たちは口々に声をかけてきた。中でもうるさかったのは、救急車を呼んだ張本人、佐々木君だった。彼は、救急車の中はどんなふうだったか、どういう治療を施されたのか、見舞いに行った班長の立林は何と言っていたか、根掘り葉掘り訊いてくるのだった。

「困るんだよ! お喋りばっかりしてちゃあ!」

と、そこへ当の立林がやってきて、一声吠えた。

「佐々木！　口動かしてないで、体動かせってえの！　長坂さん、主任が呼んでるよ！」

「主任が？」

一瞬、脳裏に「クビ」という言葉が閃いた。

「早く行って、早く戻ってきて！」

「はいはい」

早速、社員食堂のあるA棟に向かう。主任の部屋は、その三階にある。扉をノックして、中に入る。

「おお、長坂さん。座って」

主任の黒田は、事務机の前のパイプ椅子を勧めた。五十代半ばの背の低い男で、同僚たちからは陰で「チビクロ」と呼ばれている。普段は穏やかで、人当たりもいいのだが、一旦スイッチが入ると、烈火のごとく怒り出す男だ。

「昨日は大変だったみたいだねえ」

チビクロはそう言って、長坂誠の額に目をやった。

「大丈夫かい？」

「はい。大したことありません」

「そうかそうか」

チビクロは一旦間をおいて、壁際のホワイトボードの予定表を眺めてから、こう言った。

「昨日から所長、夏休みなんだよね。ハワイに家族旅行だって。優雅なもんだよねえ」

「あ、そうなんですか」

「副所長もね、昨日から出張で、大阪と福岡。遊びみたいなもんだよ」

「そうですか」

「つまりね、今ここのトップは僕なのね。僕が任されているわけ。そんな時に、昨日のあんたの事故だろう。困るんだよねえ、実際」

「すみません」

「僕、どんな顔して上に報告したらいいの？　無事故六百九十五日だよ。これ、昨日でパーになりましたなんて、僕報告できないよ。何でヘルメット被ってなかったの？」

「いや、暑かったもんで」

「暑いのはみんな一緒だよ！」

「申し訳ありません」

「とにかくね、この件は上に報告しないから。長坂さん、あんた自宅で転んだことにしてもらうからね」

チビクロは財布から千円札を四枚数えて取り出すと、それを差し出した。

「はい、治療代。これでチャラね。あんたは自宅で転んで、頭を打ったの。それでいいね」

「……はい」

「じゃあ、これで解決。戻っていいよ」

長坂誠は受け取った四千円をポケットに入れ、一礼して主任室を後にした。チビクロが最初からずっと手にしていたのは、半年に一回実施されるフォークリフトの技能試験のレポートだった。前回、長坂誠の成績は、合格ぎりぎりだったのだ。事故がなかったことにするのを拒絶したら、おそらくそのレポートを示して、クビをちらつかせるつもりだったのだろう。汚いやり口だ。ヘルメットを被って、A棟を出ると、真夏の朝陽がかっと照りつけてきた。今日も暑いなあ。長坂誠はうんざりした気分で、持ち場に向かった。


へとへとだ。

武蔵小金井駅行きのバスの中で、長坂誠はぐったりして、眠り込んでしまった。この三年、コロナのためにまったく運動をしなかったせいか、それとも単に年をとったせいなのか、体力が落ちて、ひどく疲れやすくなってしまった。仕事が終わると、もう口もきけない状態だ。

「こういう時はカレーだ」

そう呟いて、武蔵小金井駅前のスーパーに立ち寄り、カレーの材料を買い求める。豚肉と玉ねぎ、ニンジン、じゃがいも、ニンニク、カレールー。暑さのせいだろう、野菜がびっくりするくらい高い。食材を選んでいる間じゅう、23号室の女の娘の顔が脳裏に浮かんでは消えた。あいつら、きっと腹ぺこなんだろうな。カレー、食わせてやりたいな。

六時半。ようやくさくら荘に帰り着く。

外階段を上り切ったところから、23号室の様子を窺う。早朝と同じく、扉は十五センチくらい開いている。物音はしない。熱中症で倒れたりしてないだろうか。

部屋に入ると、まず窓を開けて熱気を逃し、エアコンをつける。暑い。暑すぎる。服を脱いで、シャワーを浴びる。額の傷口の具合は良好で、シャンプーが沁みる気配もない。もうバンドエイドを貼ってておくだけでいいかもしれない。風呂場から出ると、窓を閉め、すぐさま流しに立つ。ちょっと考えてから、米は四合、炊くことにする。五合炊きのこの小さな炊飯器で四合も炊くのは、初めてのことだ。

「やっぱお米はたくさん炊いた方が、醍醐味があるよな」

米を研ぎながら、そんなことを思う。炊飯器のスイッチを入れ、流しに溜まった洗い物を済ませてから、座椅子に腰を下ろす。テレビをつけて、煙草を一本吸う。

画面には、大谷翔平が映っていた。今日はホームランを打たなかったらしい。それは残念だが、つい先日、七月二十七日のダブルヘッダーでの活躍はすごかった。第一試合で、先発完封。第二試合で、ホームラン二本。まさに驚異的、としか言いようがない。そういえばまだ二十代の頃、高校時代からの友人三人で雑談している折に、天才になれるなら誰になってみたいか、という話をしたことがあった。ピカソかアインシュタインか長嶋茂雄か？　いっせえのせ、で答えたら、三人とも答えは、長嶋茂雄だった。今だったら、大谷翔平と答えるところだろうな。あんなにでっかいホームランをかっ飛ばして、ダイヤモンドを一周する時の気分はどんなふうだろう？　さぞかし気持ちいいのだろうなあ。

テレビを消して立ち上がり、カレー作りに取りかかる。まずニンニクの皮を剝いて細かく刻み、豚肉と一緒にオリーブオイルで炒める。23号室の女の娘の顔が彷彿《ほうふつ》とする。断られるかもしれないな。こんなおじいさんの作ったカレーなんて気持悪い、と拒絶されたっておかしくない。まあ、その時はその時だ。おれは自分が食いたいから、カレーを作っているのだ。ただそれだけのことだ。

三十分ほどで、カレーは完成した。味見をすると、なかなかの出来だ。ご飯も間もなく炊き上がる。

「よしよし」

部屋を出て、23号室に向かう。足元に運動靴を挟んで、半開きになっている扉を軽くノックする。

ばたばたと足音がして、女の娘がすっ飛んでくる。長坂誠の顔を見ると、がっかりした表情を呈した。母親が帰ってきたのかと思ったのだろう。

「こんばんは。お母さんは、まだ？」

「あのね、あのね、今朝、お母さん帰ってきたみたいなの」

「え、そうなの？」

「だってね、おにぎりと飲み物が置いてあって……」

「ああ、ごめん。それ、おれだ」

「ええ？」

女の娘は、信じられないといった表情で、こちらを見つめてくる。

「ごめんな。余計なお世話だったかな」

「ううん、そんなことない。超美味しかったし、超助かった。ありがとう」

「いやいや、どういたしまして。でさあ、余計なお世話第二弾で、カレー作ったんだけど、食べにこない？」

「え！　どうして？」

「どうしてって……美味しくできたからさ、誰かに食べてもらいたくてね。お腹、空いてるんだろ？」

「うん。でも……」

女の娘はもじもじして、疑り深い目を向けてきた。

「あ、そうか。まだ名前も聞いてなかったね。おれは21号室の長坂誠。君は？」

「生方真子《まこ》。真実の子で、真子」

「弟さんの名前は？」

「圭《けい》。土ふたつで、圭」

奥の六畳間を振り返りながら、真子は答えた。薄暗がりの中で、小さな影が微動する。頭を下げたのかもしれない。その影に向かって、声をかける。

「圭君、カレー食べにこないかい？」

影は答えない。代わりに、真子が言った。

「あのね、圭はね、あんまり喋らないの。自閉症なの。だから急に大声を出したり、体に触ったりしちゃだめなの」

言い終えると同時に、真子のお腹がキュウーと鳴った。可愛らしい音だった。

「お腹は正直だねえ。食べにおいでよ、カレー。あ、そうだ。食器がないから、お皿とスプーン持ってきてさ。一緒にカレー食べようよ」

そう言い残して、自分の部屋に戻る。エアコンが効いているので室内は涼しいけれど、散らかっているので暑苦しい。慌てて奥の六畳間を片付け始める。小机の周囲に散らばっているスポーツ新聞やエロ雑誌をまとめて傍らに寄せ、二人が座るスペースを確保する。それから小机の上の雑多な小物を、泉屋のクッキーの缶の中に納める。

扉に、遠慮がちなノックの音が響いた。

「はーい。どうぞ。開いてるよ」

扉がそうっと開いて、真子が姿を現した。白い皿とスプーンを手にしている。振り返って、

「圭、おいで」

と弟を呼び寄せる。初めて明るいところに現れた圭は、髪が伸び放題で、何だか昭和の子供を想わせる。小学四年生か、五年生だろう。伏目がちで、何事か思いつめたような顔をしている。二人は狭い玄関に身を寄せ合って立ち、もじもじしている。

「うわあ、いい匂い！」

思わず、真子が声を上げた。

「そうだろ。入んなよ。散らかってるけど」

「マジでいいの？」

「マジでいいから、入んなよ。こっち座って」

二人はおずおずとした足取りで中に入ってきた。そして座椅子を避けて、小机の左右に腰を下ろした。かしこまって、正座している。

「そんな硬くならないで。足、崩して座んなよ。さあ、カレーだ、カレーだ」

歌うようにそう言って、二人の持ってきた皿を手に、台所に立つ。ご飯をよそい、カレーをたっぷ

りかける。いい匂いだ。美味そうだ。

「さあさあ、誠カレーの出来上がりでーす。どうぞ召し上がってくださーい」

おどけた調子でそう言って、二人の前にカレーを置く。二人は目を見張り、スプーンを手に取ると、物も言わずに食べ始めた。食べるというか、貪るといった感じだ。その様子を眺めているうちに、今までに味わったことのない充足感に包まれる。こういうのを父性愛と言うのだろうか。二人の子供が、自分の作ったものを夢中になって食べている。その光景が、こんなにも愛おしいものであるとは。

「おかわりもあるよ」

「いいの?」

圭は初めて口をきいた。

「あたしも。いい?」

「もちろん」

答えながらまた台所に立って、まず自分の皿に少しだけご飯をよそい、カレーを少なめにかける。そして残りのご飯を二人の皿によそって、カレーも全部かけてやった。冷蔵庫から冷えた麦茶のペットボトルを取り出し、コップを三つ。これらを小机に運び、改めて自分の作ったカレーを口にする。

美味い。上出来だ。

「めっちゃ美味しい! こんなに美味しいカレー食べたの、生まれて初めて!」

真子は瞳をきらきら輝かせて、そう言った。

「おじちゃん、神だよ、神!」

「それは言いすぎだよ」

「ううん、マジで神！」

長坂誠は照れた。自分の分のカレーはちょっと少なくて、腹は物足りなかったが、代わりに胸がいっぱいになった。

「圭君、美味しかった？　お腹いっぱいになった？」

圭は強く頷いて、小さな声で、

「ごちそうさま。ありがとう」

と言った。

「あたし、洗い物する！」

真子は立ち上がった。食器をまとめて、台所へ行く。

「いいよ、流しに置いといて」

「ううん、洗い物する！　やりたいの」

「そうか。じゃあ、頼むよ」

「うわあ、水が出る！　おじちゃん、水が出るって、いいね！　いいことだね！」

長坂誠は、はっとした。確かに真子の言う通り、水が出るのは素晴らしいことだ。水がなければ、人は生きてゆけない。蛇口をひねれば水が出るのは当たり前、と思い込んでいる自分は、何か大きな勘違いをしているのではなかろうか。真子はできるだけ少量の水で丁寧に洗い物を済ませると、自分の席に戻ってきた。

「圭君、テレビ観るか？　好きなの観ていいよ」

リモコンを差し出すと、圭は電源を入れ、ＢＳのニュースチャンネルを選んだ。ウクライナ情勢における中国の微妙な立ち位置について、大学教授が解説をしている。小学生にしては、ずいぶん渋い選択だ。

「おじちゃんは、何してる人？」

室内を一渡り見回してから、真子が尋ねてきた。

「んー、正義の味方かな」

「ウケるー！」

真子は笑った。圭も微笑んでいる。長坂誠は調子に乗って、額の絆創膏で留めたガーゼを指差しながら、

「これ、悪の手先にやられたんだ」

真子は一旦笑い声を収め、真顔になって、

「マジで？」

と訊いてきた。長坂誠は笑った。

「嘘だよん。本当はね、ただの肉体労働者。大きな物流倉庫でね、フォークリフト運転してんの。フォークリフトって、分かる？」

「うん、何となく分かる。こういう……」

真子は両腕を曲げて、前に掲げて見せた。

「そうそう、それ。それの運転してるのさ」

「ふうん。儲かるの？」

「儲からないね。ちっとも儲からないよ」

「儲からないのに、どうしてその仕事してるの？」

「うーん、どうしてかなあ。どうしようもないからかなあ。おれ、もう年寄りだからね。なかなか雇ってくれるところがないんだよ」

「おじちゃん、幾つなの？」

「六十五歳だよ」

「えー！　おじいちゃんじゃない。ヤバいよ」

「そうなのよ。ヤバいのよ」

話しながら、真子は体のあちこちをしきりに掻いていた。テレビを観ている圭も同じだ。よく見ると、二の腕に掻きむしって水ぶくれになった痕がある。

「それ、どうしたの？」

圭に尋ねると、代わりに真子が答えた。

「蚊がヤバいの。あっちの部屋、裏に竹の林があるでしょう？　夜ね、蚊がヤバいの」

「そうなのか……」

長坂誠は昨日病院でもらった抗生物質の軟膏を取り出して、真子に手渡した。

「これ、かゆみ止めじゃないけど、傷口には効くと思うよ。塗っておきな」

「ありがとう」

真子は軟膏を受け取り、圭のそばに寄って、

「圭、薬塗るよ。触っていい？」

圭は小さく頷いた。真子は軟膏を塗ってやる。十箇所以上刺されている様子だ。夜の間じゅう蚊に襲われているのでは、ろくに眠ることもできないだろう。一体いつ、電気を止められたのだろう？

二人はどれくらいの間、蚊の来襲に耐えてきたのだろうか？　訊きたいけど、訊けなかった。真子は自分の体にもあちこち軟膏を塗りたくり、改めてエアコンの冷風に顔を晒しながら、

「ああー、超涼しぃー。天国みたい」

と嘆息してから、

「おじちゃん、あたし横になってもいい？」

「いいよいいよ。圭君も、ほら、横になりな」

二人は横になった。と言っても狭いスペースだから、体をくの字に曲げて、腕枕だ。テレビの画面には、泣いているウクライナの避難民の子供の顔が映し出されている。やがて二人は小さな寝息を立てて始めた。

長坂誠は押入れの襖をそうっと開け、取り出したタオルケットを圭に、シーツを真子にかけてやった。そして煎餅布団とゴザを台所のピータイルの上に敷き、ごろりと横になった。本当は眠る前に煙草を一本、吸いたかったが、それは我慢して、目を閉じた。

長い一日だった。

4

真子と圭の母親、生方恵《めぐみ》は眠り続けていた。

場所は八王子にある東原総合病院の一室。ここに救急車で担ぎ込まれたのは、七月十二日の正午頃だった。彼女は大量の睡眠薬らしき薬物とアルコールを摂取していた。発見されたのは場末のラブホテルの一室で、身元を証明するようなものも、携帯電話の類も、何一つ持っていなかった。

警察がラブホテルの監視カメラを調べた結果、中肉中背の黒マスクにサングラスをかけた男と一緒に、七月十一日午後十時すぎに入館し、翌十二日午前一時に男だけが帰っていく様子が映っていた。しかし室内からは男の指紋も体液も見つからず、その行方は杳《よう》として知れなかった。もちろん女の指紋やＤＮＡも鑑定したが、前科はなく、身元はまったく分からなかった。

警察は、男のことを「猿之助」と呼んで行方を追い、医師や看護師たちは、女に「眠り姫」というあだ名をつけて、世話をした。

恵は、幸薄い女だった。両親を早くに亡くし、親類縁者もなかったので、彼女は府中市の養護施設で育った。いい思い出など一つもなくて、彼女は記憶に蓋をし、すべてを忘れようと努めた。中学を卒業して、すぐに固い職場で働き始めたが、十七歳で男を知ったのを機に、ほどなく水商売の世界で生きるようになった。明日のことなど一切考えもせず、その日その日を面白おかしく生きていればそれでよかった。数多くの様々な男たちが、彼女の体を通り過ぎていった。

結婚したのは、二十八歳の時だ。相手は生方圭太郎《けいたろう》といって、私立大学の職員をしている男だった。年は四十を越えていたが、彼は真面目で、心根の優しい男だった。そして何よりも境遇が、恵と似ていた。圭太郎は幼い頃に両親が離婚し、祖母の手によって育てられた。その祖母も、大学を卒業する直前に喪《うしな》い、彼は天涯孤独の身となった。二人は互いの身の上を知って、心の奥底に抱えている寂しさに共感し、惹かれ合うようになった。

籍を入れた翌年、女の子が生まれた。真子と名付けたのは、圭太郎だ。結婚と同時に夜の勤めを辞めていた恵は、子育てに専念した。圭太郎は真子のことも恵のことも、両の手いっぱいに愛してくれた。毎日毎日、何かしらちょっとしたお土産を買ってきて、二人を喜ばせた。それは他愛もない百円ガチャの玩具だったり、林檎一個だったりしたが、恵は嬉しかった。まさに黄金の日々だった。

しかし幸福というのはいつも刹那的なもので、長くは続かない。真子が一つになる直前、圭太郎は職場で倒れ、あっけなく死んでしまった。脳梗塞だった。恵は泣くこともできないほどのショックを受け、ただ茫然としていた。

恵がまた夜の勤めに出るようになったのは、圭太郎が亡くなってから半年も経った頃だったろうか。いつもぼんやりしていて、酒ばかり飲むので、店の者はいい顔をしなかったが、客受けはよかった。それは、気軽にアフターに付き合うからだった。恵は、まだ幼い真子を民間の保育施設に預け、勤め先の店を転々と換えながら、毎晩違う男と寝た。

「どうでもいい」

というのが、当時の彼女の口癖だった。

やがて恵は身籠もった。父親は誰なのか、まったく見当もつかなかった。本当はすぐにでも中絶すべきだったのだろうが、どうでもいい、と彼女は放置してしまった。

十ヶ月後の八月九日。偶然にも真子の誕生日と同じ日に、男の子が生まれた。圭太郎から一文字とって、圭と名付けたものの、恵は真子が生まれた時のような喜びを感じることができなかった。三つになったばかりの真子が、

「おとうと！　あたしのおとうと！」

などとはしゃいでいるのを見るにつけても、大して心は動かされなかった。

母子三人の、どこか空虚で歪《いびつ》な生活が始まった。

恵は、真子のことはそれなりに可愛がったが、圭とはいつも距離をおいて接した。真子にとって恵はお母さんだったが、圭にとってはお母さんみたいな人だった。自閉症に近い発達障害、と診断されたのは、小学校に上がる直前だった。それが分かると、恵はますます圭との距離をおくようになった。

どこか歪んだ関係の母子三人は、住処を転々と変えた。立川、八王子、調布、国分寺。いつも家賃を滞納して、夜逃げ同然の引越しだった。

そんなところへ三年前、コロナ禍が母子に襲いかかった。

当時、恵は立川のキャバクラで働いていたが、あっという間に店は廃業した。自粛の嵐が吹き荒れ

て、繁華街から人の姿が消えた。

届けも出さずに引越しを繰り返していたために、母子の元には給付金も新型コロナワクチンの接種券も届かなかった。おかげで三人とも、コロナに罹《かか》った。子供たち二人は軽症で済んだが、恵の症状は重篤だった。それでも病院へは行かなかったから、ひどい後遺症に苦しむことになった。だるくてだるくて、動けない日々が続いた。味覚も嗅覚もおかしくなって、元には戻らなかった。

この三年間、恵は少ない貯金をすべて切り崩してしまい、知り合いや消費者金融からの借金で凌ぐしか生きる術がなかった。そして今年の一月、それまで暮らしていた国分寺の住処を家賃滞納のまま引き払い、小平のさくら荘に母子三人で引っ越してきたのだった。

それから半年後の七月十一日、恵はまたもや切羽詰まっていた。滞納している料金を支払わないと、七月二十日に電気とガスを止める、という通告書が届いたのだ。総額五万円近い金額で、恵の財布には一万円と小銭しかなく、銀行口座にも数百円の残高しかなかった。消費者金融からの借金はかなりの額に膨れ上がっていて、彼女の名はブラックリストに載っていた。これといった知り合いからの借金も、もう借り尽くして期待はできない。

「どうしよう……」

じりじりと背を焼かれる思いで、彼女はスマホの中の連絡先一覧に目を通していった。この人はだめ、この人は無理、この人はもう借りてる……。その時ふと目に留まったのが、ヤマモトという名前だった。片仮名で、苗字だけ登録してある。コロナ前、立川の店に二、三度遊びに来た五十代半ばの男だ。一度だけ、アフターで寝たことがある。ヤマモトは自分のことを「バイヤー」と称していた。

「何でも買いますよ。戸籍でも銀行口座でも携帯電話でも。高価買取り！」

そんなことを言っていたのを思い出す。いつもニヤニヤしていて、品定めするような上目遣いで人のことを見る男だ。ヤマモトというのも、どうせ偽名だろう。怪しい奴とは分かっていながらも、他にどうしようもなくて、恵はすがるような思いでヤマモトに電話をかけた。真子と圭がそばにいたので、呼び出し音が鳴っている間に、恵は廊下に出た。時刻は七時を回っていて、外は薄暗く、蒸し暑かった。

「あ、もしもしヤマモトさん？　あたし、分かる？　メグよ」

恵は商売用の声で言った。

「メグ？」

「いやだ、もう。忘れたふりしてえ。立川の「レディ7」のメグよ」

「ああ、メグちゃんか。覚えてる覚えてる。ご無沙汰じゃないの。元気してた？」

「元気ないわよ。もうさっぱりよ」

「お店には、出てんの？」

「お店なんて、とっくの昔に潰れちゃったわよ。ねえ、ヤマモトさん、あたし困ってるの」

「おれも困ってるよ」

「んもう、馬鹿。マジで困ってるのよ。あなた、バイヤーだって言ってたわよね？　何でも買い取るって」

「ああ、何でも買うよ。高価買取り」

「銀行口座、幾らで買ってくれる？」

「んー、キャッシュカードと通帳で、五万かな」

「もうちょっと出せない？」

「携帯かスマホなら、六万で買うよ」

恵はちょっと考えてから、それは嫌だと答えた。スマホを失うと、もう働き口を探すこともできない。

「じゃあ、体は？　一緒にラブホ行ってくれたら、もう三万出してもいいよ」

背に腹は換えられない。恵は「分かった」と承諾し、八時半に八王子駅の北口で待ち合わせる約束をした。

部屋に戻ると、恵はすぐに洗濯したての下着に着替え、卓上の小さな鏡の前に座った。髪を梳《と》かし、商売用のメイクを施す。戦闘モードだ。化粧をするのは、久しぶりのことだ。鏡の中には、やつれた四十代の年増女が映っている。その顔を、メイクで塗りつぶしてやる。

「どっか行くの？」

真子が、不安そうに声をかけてくる。

「うん、ちょっとね」

恵はなけなしの一万円札を財布から取り出して、真子に手渡した。

「これでお弁当でも買ってね」

「すぐ帰ってこないの？」

「ううん、すぐ帰ってくる」

恵はノースリーブの青いワンピースを着て、財布と預金通帳とスマホを安物のバッグに入れて、立ち上がった。玄関で、白いハイヒールを履いているところへ、真子がまた声をかけてくる。

「本当にすぐ帰ってくる?」

「うん。すぐ帰ってくるから。先に寝ててね」

そう言い置いて、恵は部屋を後にした。

猛烈な蒸し暑さだ。ありがたいことに、バス停に着くと同時に武蔵小金井駅行きのバスが来た。いい流れだ。ツイてる、と恵は喜んだ。

八時十五分。恵は八王子駅のホームに降り立った。北口の改札を出て、駅コンコースを行き交う人の流れをぼんやりと眺める。マスクをしている人の数は少ない。誰も彼もがマスクをしていた去年、一昨年の様子とは大違いだ。あれは一体、何だったのだろう? 恵は、不思議な気がした。

「よう、メグちゃん」

背後から、いきなり声をかけられた。

「相変わらず、キレイだねえ。いい女」

ヤマモトは黒マスクに茶色いグラデーションのサングラスをかけていた。無地の黒いTシャツに七分丈の黒い短パン、裸足に白いスニーカーを履いている。髪には白いものが混ざっているが、ずいぶん若作りだ。こんな人だったかしら、と恵は訝ったが、

「あらあ、ヤマモトさん。お久しぶり」

と言って、なれなれしくヤマモトの腕をとった。

「お元気そうじゃないの。相変わらず女、泣かせてるんでしょう」

「よく言うよ」

ヤマモトはイッ、イッ、イッと独特の引き笑いで笑った。この笑い方には、聞き覚えがあった。

「じゃあ、まずこっちの商売ね。キャッシュカードと通帳、持ってきた?」

「うん。持ってきた」

「暗証番号、教えてくれる?」

「いやいや。1818」

「なるほどねえ。もしかしてスマホのパスコードも同じ?」

「そうよ」

「いいねえ。シャレが効いてるねえ」

ヤマモトはまた独特の引き笑いで笑った。

「じゃ、信用しないわけじゃないけど、あそこで残高照会してくれる?」

ヤマモトが顎で指し示した先には、キャッシュディスペンサーがあった。恵は迷わずその前に立って、キャッシュカードを挿入し、暗証番号1818を押した。パネルに表示された残高照会のボタンにタッチする。残高はたったの八百五十円だった。その様子を背後に立って見つめていたヤマモトが、また例の笑い声を漏らした。

「マジで困ってんだねえ」

ヤマモトは恵からキャッシュカードと通帳を受け取ると、今度は自分のキャッシュカードを取り出した。ディスペンサーに挿入し、ちょっと考えてから十万円おろし、封筒に入れて恵に渡してくれた。

「メグちゃんいい女だから、二万円サービスね」

「ありがとう！　マジ助かる」

「一杯飲んで、景気つけようか」

「うん、そうしよ」

二人は駅コンコースを後にして、繁華街へ流れていった。ヤマモトの行きつけらしい居酒屋に入り、まずは生ビールで乾杯する。恵は、予想以上の金が手に入ったことで、テンションが上がっていた。それ以前に、酒を飲むこと自体が久しぶりだった。

「ああ、美味しい！」

恵は杯を重ね、この三年間がいかに大変だったか、早口で語った。喋りながら、自分は誰かに聞いてもらいたかったのだと思った。ヤマモトはニヤニヤしながら恵の話に耳を傾け、自分のことはほとんど話さなかった。

一旦トイレに立ち、席に戻って四杯目のレモンチューハイを飲み終える。テーブルの上には、既に五杯目のハイボールが用意されていた。それも一気に飲み干すと、恵は「あれ？」と思った。何だか変だ。

「あたし、酔っ払っちゃった〜」

呂律が回らない。自分じゃない誰かが喋っているみたいな感じだ。

「よおし、じゃあ行ってみようか」

ヤマモトの声が、どこか遠くから聞こえてくる。意識が、ふっと途切れる。

かろうじて意識が戻った時、恵はラブホテルの一室にいた。どこをどうやって移動したのか、何も覚えていない。目の前の低いテーブルには、ビールを注いだ大ぶりのグラスが置いてある。

「喉渇いただろ、メグちゃん。飲みなよ」

言われるがままに、恵はそのビールを飲み干した。ヤマモトのにやけ顔が、ぐにゃりと歪んで見える。そして恵は昏倒し、深い眠りに陥った。

「ちょいと飲ませすぎたかな」

ヤマモトはそう呟いて、イッ、イッ、イッと笑った。一発やって帰ろうかな、とも思ったが、よく考えて自制した。それより証拠隠滅の方が先だ。彼には幾つもの前科があった。当然、指紋もＤＮＡも押さえられている。

ヤマモトは、キングサイズのベッドに横たわる恵の姿態をしばらく目で楽しんでから、彼女のバッグを自分のリュックサックにしまい込んだ。それからホテルのハンドタオルを濡らし、触ったところを丁寧に拭って回った。もちろんビール瓶もグラスも洗って、水滴を拭いた。

午前一時。ヤマモトは濡れタオルで受話器を取って、フロントに電話した。

「先に一人、出ますね」

そう告げて受話器を置き、改めて室内を見渡した。横たわる恵に顔を近づけると、ちゃんと息をしている。大丈夫だ。抜かりはない。

「悪く思うなよ、メグちゃん」

そう呟いて、ヤマモトは濡れタオルで扉のノブを回し、部屋を後にした。

この時彼が奪った恵のキャッシュカードとスマホは、闇から闇へと転売されて、八月には海外にある特殊詐欺グループの手元に流れた。

そんなことになっているとは知る由もなく、恵は病院のベッドで眠り続けていた。

5

「今日もたくさん買うネ」

ベトナム人店員のチャウミー君が言った。マスクの下でにやにやしながら、小指を立てて見せる。

「ならいいんだけどな」

長坂誠はまんざらでもない口調で答え、

「あ、そうだ。大きいバンドエイド、あるかな？」

「大きい、何てカ？」

「ここに貼るやつ」

自分の額を指差して見せる。チャウミー君はすぐに合点がいって、化粧品類の棚からバンドエイドの小箱を持ってきた。

「こりゃ小さいな。もっと大きいやつ、ない？」

「大きいヤツ……？」

チャウミー君はちょっと考えてから、

「ある。私、持ってるヨ」

そう言ってバックヤードに引き下がり、大判のバンドエイドを一枚手にして、戻ってきた。

「これ、私の大きいヤツ。あげる」

「悪いね。幾ら?」

慌てて金を払おうとすると、チャウミー君はそれを固辞した。

「あげる。サービスですネ」

「ありがとう。恩に着るよ」

「何着るてカ?」

「いやいや、何でもない。ありがとう」

この歳になると、人の親切が身に沁みるな。さくら荘に向かって歩きながら、しみじみそう思う。

今日もまた、格別暑くなりそうだな。

部屋の扉を開けると、涼風が漂ってきた。子供たちは、まだ眠っている。平和だ。子供が寝ている姿っていうのは、いいもんだな。自分が寝ていた煎餅布団とゴザを傍らに寄せて、台所に立つ。

まず鍋に湯を沸かし、大きめに刻んだ玉ねぎとコンソメの素を投入する。その間、もう一方のコンロでフライパンを熱する。ベーコンを焼き、滲み出た油で目玉焼きを作る。いい匂いが部屋いっぱいに漂い始める。その匂いに反応してか、子供たちが目を覚ましたようだ。

「あたし、寝ちゃった」

真子が寝ぼけ声で言う。

「おはよう。まだ寝ててもいいよ」

「何してんの？」

「朝ごはんだよ。もう起きちゃうかい？　起きるんなら、自分の部屋へ行って、歯ブラシとタオル、持っておいで。圭君の分も」

「え、いいの？」

「いいさ。だって水、出ないんだろ？」

「うん、そうする」

真子は一旦部屋を出ていって、すぐに歯ブラシとタオルを手にして戻ってきた。この部屋には、洗面台というものがない。顔を洗うのも、料理を作るのも、すべて台所の流しで済ませるしかない。

「圭、おいで。顔洗いな」

二人が顔を洗っている間に、ベーコンエッグにレタスとミニトマトを添えて、六畳間の小机に運ぶ。スープカップは一椀しかないので、二つの湯呑みにコンソメスープを注ぎ、これも小机に運ぶ。

「パンは一枚？　二枚？」

「二枚！」

「二枚！」

八枚切りの食パンを二枚ずつ、計四枚焼いて持っていく。調味料はマヨネーズとマーガリンだ。子供たちは今か今かと、待ち構えている。

「いただきまーす」

言うが早いか、二人はがっついた。皿まで食うんじゃないかという勢いだ。眺めているだけで、こっちのお腹は一杯になりそうだ。

「お昼はおにぎりとミニサラダ。冷蔵庫に入れてあるから、それ食べていいよ」

真子は不思議そうな顔をした。

「いいの？」

「いいよ」

「あたしたち、ここにいていいの？」

「いいんだよ。あとシャワーも浴びな。もう何日もお湯で体洗ってないんだろ？　それから洗濯機も勝手に使いな。洗剤は流しの下ね。洗濯、できるだろ？」

「できるけど……」

「おれは七時前にここを出て、六時くらいには帰ってくるから。その間はエアコンつけて、ここにいていいよ」

「マジで？」

「マジだよ。テレビを観ようが昼寝しようが出かけようが、好きにすればいい」

「マジでありがとう……でも、どうして？」

「うーん、まあ何だ、乗りかかった船だからな」

「船？　船ってどういうこと？」

「分かんないか。えーと、つまりまあ縁があるからしょうがないってことかな」

「エン？　エンってなあに？」

「難しい質問だなあ。えーとね、つまりおれら三人が出会って、こうして同じ部屋で飯を食ってることは、神様が決めたことなんだよ。神様が決めたことには、従わなくちゃいけないだろう?」

真子はまだ納得がいかない様子で、不思議そうな顔をしている。しかし圭は、うんうんと頷いて、

「運命だね」

と小声で言った。

「その通り！　これは運命なんだよ。圭君、難しい言葉、知ってるね」

「圭はね、圭はね、難しい漢字、たくさん知ってるの。字もね、超上手いの」

「へえ、そうなのか。書道とか、やるの?」

圭は無言のまま頷いた。

「じゃあ、いいものがあるよ」

長坂誠は本棚の中から、平べったい箱を取り出した。それは高校時代からの友人、米原研一《まいばらけんいち》が上海土産に買ってきてくれた毛筆と墨と硯のセットだ。米原は今や銀座にあるデザイン会社の社長で、日本を代表するグラフィックデザイナーの一人として活躍している。その米原が選んでくれたものなのだから、いい加減なものであるはずはない。だのに長坂誠は彼に対してちょっとした屈託を感じており、この書道セットも未使用のままだった。

「ほら、これ。好きに使っていいよ」

蓋を開けると、圭の顔色はぱっと明るくなった。初めて見せる表情だった。

「紙は、えーと、スケッチブックしかないな。これ使いな」

「あれ、おじちゃんが描いたの?」

真子が西側の窓枠に立てかけた自画像を指差して、尋ねてくる。

「ヤバーい。マジ上手だね」

「馬鹿、お世辞言うなよ」

長坂誠は思わず赤面した。真子は、今度は自画像の下に立てかけてあるギターケースを指差して、

「あれは? ギター?」

「そうだよ。興味あるの?」

「あたしね、あたしね、中学のクラブ、軽音なの。だけどコロナで全然部活動できなかったから、ギター借りてきて、家で毎日弾いてたの」

「へえ、ギター弾けるのか。チューニングは? できる?」

「できる」

「じゃあ、自分でチューニングして。弦、緩めてあるから。勝手に弾いていいよ。ただし、あんまりでかい音で弾くなよ」

「マジで?」

この子は「マジ」ばかり口にする。最近の中高生は、こんな感じなのかな。

「じゃあ、おれそろそろ出かけるから、マジで」

ちょっと早かったが、長坂誠は立ち上がり、身支度を整えた。真子も圭も、急に不安そうな顔になって、その様子を見守っている。

「おじちゃん、帰ってくる?」

「帰ってくるさ。おれ、他に帰るところないもの」

「帰ってきてね」

「ああ、必ず帰ってくるよ。六時頃ね」

二人の母親の顔がふと脳裏をよぎる。それを振り払うような思いで、扉を開け、外に出る。

今日も猛烈に暑い。昨日と同じだ。

しかしながらこの朝、子供たちに渡してやった書道セットとギターこそが本物の運命だったことを、長坂誠は後に思い知ることになる。

6

今日の仕事は　つらかった
あとは焼酎を　あおるだけ
どうせ　どうせ山谷の　ドヤ住い
ほかにやること　ありゃしねえ

岡林信康の「山谷ブルース」の一節が、頭の中に繰り返し、繰り返し響いている。

ああ、くそ！　焼酎呷《あお》りてえな。しかし長坂誠はかろうじて自制した。昨日と同じスーパーでさんざ迷った末に、ノンアルコールのビールを一缶買った。今日は得意料理、麻婆茄子にしよう。しかし野菜コーナーを物色すると、茄子がやけに貧弱な上、値段もべらぼうに高かった。

暑さのせいだな。地球沸騰か。

武蔵小金井駅からバスに乗る。スマホをふと見ると、誰かからラインが届いている。高校時代からの友人、城正邦彦《しろまさくにひこ》からだった。

〈おーい。生きてるかー?〉

ただそれだけだが、長坂誠は微笑して、

〈なんとか生きてるよ。暑いなあ〉

と返信した。この城正邦彦と米原研一は、二ヶ月おきくらいにこうして安否を気遣うようなメールをくれる。米原はデザイン会社の社長になっているが、城正は今や弁護士だ。大学を出て、長らく大手の出版社に勤めていたが、四十歳の時に突然思い立ち、勉強をし始めた。そして司法試験に一発で合格した。そういう経歴の持ち主である。上京にあたっては、この二人にずいぶんと世話になった。

六年前、五十九歳の時、長坂誠は焦っていた。岡山の製パン工場で真面目に働き続けて、十五年が経とうとしていた。同居していた母光枝と妹みどりは、二人ともすっかり老いぼれていた。みどりは二十代の頃から大型トラックの運転手をやっていたのだが、六十を前にして、もう引退すると言い出していた。製パン工場の仕事は、朝が早いことを除けば楽な内容だったが、このままじゃいかん、と長坂誠は思った。このままじゃ、ただ朽ち果てていくだけだ。何かを、どうにかしなければ。しかし一体何を、どうする？　どうしようもない。ここにいたんじゃ、手も足も出ない。とにかく東京に出たい。東京に出て、もう一度勝負したい。何の勝負だ？　そんなことは分からない。分からないけど、東京に出ること自体が既に勝負なのだ。この退屈な、何事もない毎日を何とかして打ち破りたい。おれの考えは無謀だろうか？

米原と城正にそのことを相談すると、二人とも「その気持はよく分かる」と言ってくれた。そして二人で上京費用の百万円をぽんと出してくれた。住処のさくら荘も勤め先のオリエント食品も、見つけてきてくれたのは城正だった。

城正には、三十代の半ば、沈み込んで放浪していた時代にも、ずいぶん世話になった。城正も離婚して一人暮らしだったので、その部屋に居候《いそうろう》させてもらったのだ。二年近く居候したろうか。やがて城正は再婚することになり、居候生活は終わりを告げた。あのまま城正と同居生活を続けていたら、今頃どうなっていたろうか。何しろその後に居候したのが、悪の巣窟みたいな最悪の家だったから、実はここが、運命の分かれ道だったのだと、今更ながらに思うのだ。

とにかくおれは上京した。つまりバッターボックスには立ったわけだ。しかしながらまだ一度もバットを振っていない。これでいいのか？　このままでいいのか！

バスを降りて、さくら荘に向かって歩く道すがら、長坂誠は二人の成功した友人のことをぼんやり考えていた。21号室の扉を開けると、

「おかえり！　おかえり！」

明るい声が響いて、真子が駆け寄ってくる。

「ただいまー」

出迎えられるのに慣れてないせいか、どぎまぎしてしまう。

「あのね、あのね、二人ともシャワー浴びたよ。超気持よかった！　それからね、洗濯もした！」

「そうか。偉いな」

「ちゃんと自分ちの物干しに干してね、さっき取り込んで、ちゃんとたたんだだよ」

「すごいすごい」

改めて見回すと、室内はきれいに片付いていて、掃除機もかけてあるらしい。少し余裕のできた六畳間

にスケッチブックを広げて、圭は何かを書いている。

「それからね、お土産もあるよ。冷凍庫の中」

真子にそう言われて冷凍庫を開けてみると、十五個入りの冷凍餃子が二パック入っていた。

「これ、どうしたんだい？」

「えー？　お土産だよ」

「ちゃんとお金払った？」

真子は困った顔をして、うつむいた。バス停の近くにできた無人餃子販売所だな、とすぐにぴんときた。かっぱらってきたのだ。

「お金払わないで持ってきちゃ、だめだよ」

「えー、だって……」

「バス停のところの無人販売所だね。行ってくる」

長坂誠は餃子二パックの入ったレジ袋と財布を手にして、すぐに表へ出た。陽は沈みかけていたが、やはり暑い。西陽を背中に受けながら、早足で歩く。

無人販売所に辿りつくと、まず監視カメラの位置を確かめる。レジ脇に、電話機がある。その受話器をとって、監視カメラに向かって手を振って見せる。

「もしもーし？　もしもーし？」

「はい、レジでございます」

若い男の声だった。

「あのう、すみません。実はですね、ちょっと前にですね、ウチの中学生の娘が、お金払わないで、商品持ってきちゃったんですよ。財布忘れててね」

「あー、中学生の！　餃子二パックですね」

「どうもすみません。今、払いますから。おいくら？」

「二千円になります」

長坂誠は餃子二パックを監視カメラに向けて振って見せ、二千円をレジの機械に投入した。

「じゃ、これで。ご迷惑様でした」

受話器を置いて、無人販売所を後にする。良いことをしたはずなのに、何だか後ろ暗い気がしてならない。真子はきっと怒ってるんだろうな。

部屋に戻ると、案の定、真子はふくれっ面で下を向いていた。それと気づかない素振りで米を研ぎ、炊飯器のスイッチを入れる。麻婆茄子は明日にして、今日は餃子だな。簡単で、ありがたい。

「真子ちゃんはさあ、餃子好きなの？」

気楽な調子でそう尋ねてみたが、真子は下を向いたままだ。ぶつぶつと何事か呟いていたかと思うと、急に声を荒らげてこう言った。

「ねえ、どうして！　どうして盗んじゃいけないの？　あたし子供なのよ！　お金ないの！　でもお腹空いてるのよ！　どうして盗んじゃいけないの！」

「それは難しい質問だなあ」

長坂誠は考え込んだ。法律。法律か……もし世の中が善意の人ばかりで、常に互いのことを思いやって生きていけるなら、法律なんて必要ない。しかし善意の人ばかりだったとしても、これだけ多くの人たちがいる以上、決め事というのは必要だろう。自分は赤が好きだから赤で進む、いや自分は黄色で進みたい、などと皆が言い出したら、世の中は破滅だ。だからある程度の秩序が必要な世の中にあって、盗むという行為は、その秩序を明らかに乱す。自分だけはどうしても黄色信号で進む、と言い張っているようなものじゃないか。そんなことを考えてもみたが、口にはできなかった。

「……がっかりする人がいるからだよ」

長考の末、長坂誠はごく素朴に答えた。真子はちょっと驚いた顔をした。意外な答えだったのだろう。

「がっかりする人なんていないよ」

「いいや、いる。盗まれてがっかりする人が、必ずいる」

「あたし、がっかりしてる……ていうか、恥ずかしい」

「そうか、そうか。それでいいんだよ」

「あたし……ごめんなさい」

「よし、この話は終わり。おれ、餃子食べたかったんだ。ありがとう真子ちゃん」

長坂誠は陽気な調子でそう言って、話を打ち切った。

その間、圭は二人の会話に耳を傾けながら、スケッチブックに筆を走らせていた。何を書いているのだろう？　覗いてみると、難しい漢字がびっしり並んでいる。ものすごい達筆だ。とても子供が書いた字とは思えない。何だろう？　般若心経だろうか？

「圭君、すごい字が上手いね」

お世辞ではなく、本当に感心してそう言うと、圭は嬉しそうにほんの少し口角を上げた。

「お手本なしで書いてるのか。すごいな」

「圭はね、圭はね、本当はマジで頭いいんだよ。一回見たらね、写真みたいにカシャって覚えちゃうんだよ」

「へえ、じゃあこれ、お手本を覚えてて、書いてるんだ？　お手本は誰の字？」

「……オウギシ」

圭は小声で答えた。

「え？　オウ何だって？」

圭は答えず、傍らのスポーツ新聞に毛筆で〈王羲之〉とこれまた達筆で書いて見せた。王羲之？　知らない。グーグルで検索してみると、こうあった。

〈中国、四世紀前半、東晋の六朝文化を代表する貴族文化人。とくに書に優れ、その作品とされる蘭亭序などは後世の書家の軌範とされ、世に書聖といわれている〉

〈唐の太宗（李世民）は王羲之の書を愛し、真行二九〇紙・草書二〇〇〇紙を収集した。死去に当たって『蘭亭序』を自らの陵墓である昭陵に副葬させたと言われている。その後の戦乱を経て王羲之の真筆は全て失われたと考えられている。現在、王羲之の書とされているものも、唐代以降に模写したものと、石版や木板に模刻して制作した拓本のみであるとされている〉

〈青壮年期には政治家としても知られた。楷書・行書・草書の三体を芸術的に完成させ、古今第一

の書家として名高く、書風は優美典雅で、しかも力強い。代表作は、楷書《楽毅論《がくき》》、行書《蘭亭序》、草書《十七帖》など〉

〈成長する過程において、癲癇の発作に見舞われたり、吃音のために人前に出るのが嫌になり、人柄がすっかり変わって引込み思案になってしまった時期もあった〉

調べれば調べるほど、すごい書家だと分かってくる。この書聖とそっくりな字を、この少年が書いたというのか。ものすごい才能だ。

「字のお手本は、どこで見たの?」

「図書室の本」

「本で見て、それ覚えてるんだ?」

「うん」

「絵は? ほら、水墨画とか。お手本そっくりに描けたりするの?」

「描ける」

「すごいじゃないか。描きなよ」

「字の方が好き」

「そうか。じゃあ字を書きなよ。圭君、マジで才能あるよ。おれ、明日書道の半紙、買ってきてやるから。いっぱい書くといいよ」

「ありがとう」

長坂誠は台所に立って、餃子を焼いた。皮の焦げるいい香りが部屋じゅうに漂う。ご飯も炊けて、三人は小さな食卓を囲んだ。ノンアルコールビールをプシュッと開けて呷る。美味い！　想像以上の美味さだった。餃子も割高なだけのことはあって、抜群に美味い。独りでもそもそ食べる夕食の味気なさを思い出し、やっぱりご飯は大勢で食べる方が美味いんだな、と再確認する。

「ギター、弾いてみた？」

ケースから出して、壁に立てかけてあるギターを目にして、真子に尋ねてみる。

「うん。ずうっと弾いてたよ」

「何歌うの？」

「えー？　あいみょんとか」

「ああ、あいみょん好きなのか。あいみょんいいよね」

「あとAdoとか」

「うっせえ、うっせえ、か。いいね」

「おじちゃんは？　おじちゃんは何歌うの？」

「おれか？　おれは色々だよ。好きな歌はいっぱいある」

「そうなの？　じゃあ、何か歌って」

「今？　歌うの？」

「歌ってよ。お願い」

「まいったな……」

長坂誠はギターを手に取って、軽く爪弾いた。ちゃんとチューニングしてある。真子と圭は、瞳を輝かせてこちらを見つめている。照れるなあ。咳払いを一つ。それから歌い始める。曲は、吉田拓郎の「おきざりにした悲しみは」だ。

生きてゆくのは
ああ　みっともないさ
あいつが死んだときも
おいらは飲んだくれてた

そうさ　おいらも
罪人のひとりさ
ああ　又あの悲しみを
おきざりにしたまま

政《まつりごと》　など
もう問わないさ
気になることといえば
今をどうするかだ

そうさ　あいつと
うまく　やらなければ
ああ　又あの悲しみを
おきざりにしたまま

おまえだけは
もう裏切らないさ
激しさが色褪せても
やさしさだけ抱きしめて

そうさ　おまえは
女だからね
ああ　又あの悲しみを
おきざりにしたまま

おきざりにした
あの悲しみは
葬るところどこにもないさ

ああ　おきざりにした
あの生きざまは
夜の寝床に抱いてゆくさ

ああ　おきざりにした
あの生きざまは
夜の寝床に抱いてゆくさ

歌い出してすぐに、長坂誠は「しまった」と思った。おれはよりによって何という曲を選択してしまったのだ。おきざりにされた子供たちを前に、「おきざりにした悲しみは」を歌うなんて。馬鹿だな、おれは。心の中ではそう思ったが、歌うのはもう止められなかった。半ばやけくそになって、最後まで歌い切った。

真子と圭は、神妙な顔で聴き入っていたが、曲が終わるとしばらくは唖然とした表情を呈していた。それから二人は、一斉に拍手し始めた。二人とも、瞳が潤んでいる。

「超イケてる！　超エモい！」

真子は叫んだ。

「マジでいい曲だね！　誰の歌なの？」

「吉田拓郎。知らないだろうなあ。「おきざりにした悲しみは」っていう曲だよ」

「マジ神だよ！　あたし、マジ感動した」

「そりゃあ嬉しいね」

「おじちゃんのギターもマジ最高！　プロみたい」

「おだてるなよ」

「ううん、マジだよ、マジでプロ。教えて！　あたしも歌ってみたい！」

二人の会話をよそに、圭はスケッチブックに筆を走らせていた。覗き込むと、今聴いた曲の歌詞をそのまま写している。一回聴いただけなのに、完璧に覚えているのだ。信じられない。何て子供だ。

しかし長坂誠がもっとびっくりしたのは、この後だった。

「ねー、圭すごいでしょ」

「すごい」

「……生きてゆくのは、ああ、みっともないさ」

圭が写した歌詞を見ながら、真子が口ずさみ始めた。慌ててギターの伴奏をつけてやる。始めは探り探り小声で。そして徐々に調子を上げて、真子は絶唱した。

その歌声！　長坂誠は鳥肌が立った。これが中学生の歌声か？　上手いとか美しいという言葉ではまるで足りない。その歌声には何とも言えない艶があって、しかも低音域ではドスが効いている。藤圭子の歌声にそっくりだ。いや、藤圭子以上かもしれない。

「真子ちゃん、もう一回歌ってくれる？」

真子は嬉しそうに頷いて、今度は歌い出しからマックスで歌った。耳ではなく、心に響く歌声だ。

この曲に秘められた「悲しみ」が露《あら》わになって、胸を打つのだ。

「真子ちゃん、君、天才だよ」

「えー？　マジで？」

「マジだ。圭君も天才だけど、真子ちゃんも天才だよ。藤圭子って知ってる？」

「知らない」

「宇多田ヒカルは？」

「んー、ギリ知ってる。名前だけ」

「宇多田ヒカルのお母さんが藤圭子でね、デビューした時、天才少女って言われた人だよ。真子ちゃんの声ね、その藤圭子によく似てるよ。天才、間違いなし」

「えー？　マジでー？」

真子ははにかんで頬を紅潮させた。長坂誠はギターを真子に手渡して、コードを覚えるよう促した。

「あいみょんみたいにさ、自分でギター弾きながら歌えば、かっこいいじゃん」

「えー？　あいみょんみたいに？」

「あいみょんより真子ちゃんの方が上だよ」

「マジでー？」

真子はまんざらでもない顔をして、彼女の体には大きすぎるギターを弾きながら歌った。何度も何度も歌った。

二人の天才と、一人の天才になり損ねた男。三人のどこか現実離れした夜が、賑やかに更けていく。

7

長坂誠の父、仁義は、八月一日午後三時に息を引き取った。享年九十歳。死因は老衰だった。看取ったのは、十五歳年下の妻、咲子一人だった。

「ご臨終です」

医師に告げられた時、咲子はほっと胸を撫で下ろした。仁義がここ、大阪市の外れにある特別養護施設に入所してから丸二年が経とうとしていた。その前の三年間は、ボケが始まっていた仁義の世話を、咲子一人が看てきたのだ。あまりにも長い老老介護だった。

「葬式は出さんでええけえの」

何年も前から、仁義はそう言っていた。

「誠やみどりに死に顔を見られとうないんじゃ。死んだら、すぐに焼き場で焼いて、骨にしてくれ。後はおめえらの好きにすりゃあええ」

「好きにいうたかて、どないすればええのんよ」

「じゃから海に撒いてもええし、岡山の長坂の墓に入れてもええし、ずうっと持っといてもええ。おめえらの好きにすりゃあええんじゃ」

仁義はボケが始まる以前から、ずっと同じことを言っていた。面倒を見きれなくなって、施設に入所してからも、時々思い出したように「葬式はせんでええ」と懇願するのだった。そのくせ咲子のことは、どこかの親切な人としか認識できなくて、彼女にひどく歯痒い思いをさせた。

医師に臨終を告げられた直後、咲子はすぐに長坂誠に連絡を取ろうとした。しかし「おかけになった電話番号は現在使われておりません」の音声ガイドが流れるばかりだった。みどりの携帯にも電話してみたが、やはり同じだった。

咲子は困った。困ったが、自分一人で何とかするしか手立てはない。あれだけ何度も言っていたのだから、本人の意思に沿うようにしてやるしかないだろう。

二日後、咲子は大阪市郊外の焼き場にいた。搬送された仁義の遺体を、一人で野辺に送ったのだ。真夏の青空に一筋、煙突から立ち上る白い煙を眺めながら、

「ほんまにしょうもない人やったなァ」

と咲子は呟いて、少し泣いた。

長坂仁義は、本当にしょうもない人だった。生来の博打好きで、その悪癖は生涯治ることがなかった。職も転々とし、光枝と結婚して誠とみどりを儲けてからも、仁義は遊び暮らしていた。破天荒だが愛嬌があって、どこか憎みきれないところが、却って厄介だった。光枝は独りで、必死になって誠とみどりを育てた。そして二人が成人すると間もなく、仁義と正式に離婚した。

その後、長坂仁義は大阪に流れていって、何年もの間くすぶっていた。飲む、打つ、買う、の毎日が続いた。仁義が土建屋の手配師としてまともに働くようになったのは、五十代半ばを過ぎてからで

あった。そうなったきっかけの一つが、咲子と知り合ったことだった。二人は住吉区我孫子《あびこ》の古いマンションの一室で暮らすようになり、仁義六十歳、咲子四十五歳の時に籍を入れた。しかしそうなってみても、仁義の遊び癖は止まるところを知らなかった。二人は始終喧嘩をして、咲子が家を出ることも度々だった。どうしてあの時、別れてしまわなかったのか、と咲子は何度も後悔したものだ。

仁義の骨壺を抱いて部屋に戻ると、咲子はしばらくぼんやりした後、長坂誠とみどりに宛てて手紙を書いた。岡山の住所は、分かっている。電報を打つ手もあったが、やはりここは手紙の方がいいだろうと判断したのだ。

咲子がその手紙をポストに投函したのは、八月四日金曜日の朝だった。

「さて、これからどないしようかな」

咲子は郵便ポストの前で、呟いた。今日もまた格別暑い日になりそうだった。

8

「この人、怯えてる」

圭が言った。テレビの画面には、ロシアのプーチン大統領が映し出されている。言われてみればその顔は、どこか強張っていて、目鼻口が真ん中に集まっているように見える。続いて画面には、プリゴジンの顔が映し出された。ワグネルの部隊を率いてモスクワ方面に進軍したのは、六月二十三日だったが、その反乱は一日で収束した。以来、プリゴジンの所在は明らかになっておらず、様々な憶測が飛び交っている状況である。

「この人はもうすぐ死ぬよ」

圭は小声で呟いた。長坂誠は、半熟の目玉焼きの黄身をトーストの端っこになすりつけながら、

「そうだな。確かに生かしちゃおかないだろうな。もう死んでるかもしれんな」

「まだ生きてる。でももうすぐ死ぬよ」

「圭の言うことはね、マジ当たるよ」

横から真子が口を挟んだ。じゃあお母さんはどう？　そう訊いてみたかったが、もちろん口には出さなかった。

八月六日、日曜日の朝だ。

長坂誠は煙草とスマホを持って、一旦外に出た。暑い廊下に立ったまま、煙草を吸う。実は二日前の晩、真子が急に「お母さんに電話してみてくれない？」と言い出したのだ。びっくりして、何故それを早く言わなかったのか、と詰め寄り、

「電話、してみたのか？」

「毎日してるよ。あのう、コンビニのところにある緑色のでっかい電話、あるじゃん。あれに百円入れて、毎日かけてるよ。でもね、お母さん出ないの」

長坂誠は真子に聞いた番号を入力し、電話をしてみた。呼び出し音は響くのだが、何回鳴らしても相手は出ない。その後も何度もかけてみたが、やはり結果は同じだった。

これで、何回目になるだろう。発信履歴の中の同じ番号をタッチする。ややあって、ピピッと特殊な音がしてから、呼び出し音が響き始める。大分前から気づいていたのだが、このピピッという特殊な音は、海外通話のサインだ。何年か前、友人の米原に電話をしたら、この特殊な音がしてから呼び出し音が響いたことがあった。その時米原はポーランドのワルシャワにいて、とんでもない通話料が課せられたのだった。その時のピピッという特殊な音を、長坂誠は忘れていなかった。真子と圭の母親は、海外にいる。しかも不通になっていないということは、ちゃんと料金を払っているということだ。つまり母親は生きていて、海外にいるということになる。

「何か厄介なことに巻き込まれてなきゃ、いいんだけどな」

電話を切って、煙草を吸い終え、部屋に戻る。流しで洗い物をしていた真子が声をかけてくる。

「お母さん、出た？」

察しのいい娘だ。長坂誠は軽く首を横に振った。

「どうしちゃったのかなあ……」

何とも答えられなかった。海外にいるとも言えないし、不通になってないから生きてるとも言えなかった。安易な慰めの言葉など、何の役にも立たない。

朝食を終えた三人は、協力して六畳間を片付け始めた。小机や座椅子を台所の方に運んで、スペースを作る。

「真子ちゃん、ちょっとそこに立ってみて」

スマホのカメラを構えて、真子に指示する。襖の前に真子が立つ。

「うーん、今イチだなあ」

背景の襖が問題だ。薄汚れている上に、詩を書いた原稿用紙がべたべた貼ってあるため、生活感がすごい。これを何とかしなければ。

「よし。決めた」

襖に貼ってある原稿用紙を剝がし始める。その様子を真子と圭は不思議そうな顔で眺めている。

「圭君、この襖に何か書いてくれ。格好いいやつ。直接書いていいから」

「いいの？」

「いいよいいよ。襖はどうする？　このままでいい？　それとも外して床に置いた方が書きやすい？」

「床に置いた方がいい」

圭の顔つきが変わった。目に強い光が宿っている。長坂誠は襖を二枚とも外し、六畳間の床に並べて置いた。その傍らに圭は正座し、まず墨を擦り始めた。急に辺りがしんと静まり返った。静寂の中、圭は一心に墨を擦る。

「襖、拭かなくていいか?」

「乾拭き」

圭は硯に集中したまま、小声で答えた。言われた通り、乾いたタオルを持ってきて、襖の表面を乾拭きする。やがて墨の清冽な香りが室内に漂い始めた。いい香りだ。それは新鮮な、素晴らしい何かを予感させる。

「ねえ、おじちゃん」

真子がしゃもじとおたまを手にして、尋ねてくる。

「マイク、どっちがいい?」

「なしの方がいいんじゃないか?」

「何か持ってた方が歌いやすいよ」

「んー、じゃあしゃもじかな」

「了解」

圭は墨を擦り続けている。時間が徐々に黒い色を帯びて、硯の中に凝縮されていくかのようだ。圭の横顔は涼やかで、どこか神聖な感じがする。美しいな、と長坂誠は思った。同じことを、真子も感じているのだろう。息を詰めて、圭の手元をじっと見つめている。

小一時間ほども擦ったろうか、圭はようやく手を止めた。墨を置いて、おもむろに太い筆を手にする。それはここ三日間でかなり使い込んでいて、手に馴染んでいる様子だ。筆先に墨を含ませ、硯の表面を愛しげに何度も撫でる。圭は頭の中にある何かをじっと見つめるような顔をしている。

時間が止まった。

次の瞬間、圭はそよ風のように書き始めた。

義之頓首喪亂之極
先墓再離荼毒追
惟酷甚號慕摧絕
痛貫心肝痛當奈何
奈何雖卽脩復未獲
奔馳哀毒益深奈何
奈何臨紙感哽不知
何言義之頓首頓首

あっという間に書き上げると、圭は筆を置いた。千七百年の時を経て、王羲之の書が今、目の前に蘇った。一文字は拳くらいの大きさだろうか。襖一枚に四行ずつ、計八行の漢文が躍っている。何と書いてあるのかは分からないが、まるで絵のようだ。長坂誠は息をするのも忘れて、その書に見入った。一文字一文字が、喜んでいるように感じる。

「疲れた」

圭はそう呟いて、傍らに横になった。

「大丈夫か、圭君」

「大丈夫」

「圭はね、圭はね、こんなにでっかく書くのは、初めてだと思うの。だから疲れたんだよ」

「そうか。悪いな、圭君。無理させちゃったな」

「無理じゃない。楽しかった」

圭は口許に微笑を帯びて言った。長坂誠はその小さな体を抱きしめてやりたい衝動に駆られた。

襖の書が乾くのを待つ間、長坂誠と真子は歌の練習に余念がなかった。いよいよ本番だ。そう思うと、ギターを弾く指が軽く強張る。真子の歌声には、何の緊張も感じられない。相変わらず伸びやかで、しかもドスの効いた唯一無二の声だ。この歌声の邪魔をしないようにしなければ。この数日、色んな曲を練習してきた。

吉田拓郎「落陽」、藤圭子「圭子の夢は夜ひらく」、井上陽水「東へ西へ」、忌野清志郎「スローバラード」、尾崎豊「I LOVE YOU」、ザ・ブルーハーツ「情熱の薔薇」、ブランキー・ジェット・シティ「ガソリンの揺れかた」、泉谷しげる「春夏秋冬」。

藤圭子を除けば男の歌ばかりだが、その方が歌っていて気持いいと真子が言うのだ。確かにその通り。本来、男が歌うべき曲を中学生の女の娘が歌うギャップ。そこにこそ真子の歌の妙味があるのだ。

「よし、そろそろいいだろう」

長坂誠は床に置いた襖を抱え上げて、元の位置に戻した。

「真子ちゃん、立ってみて」

真子は素直に従った。中学校の制服だろうか、白い半袖シャツに、膝丈の紺色のスカート。手にはしゃもじを持っている。背景の立派な漢文とその姿との間には、あまりにも大きなギャップがある。しかしその違和感には、不思議なインパクトがあるのだ。

「圭君、撮影頼むよ。分かる?」

「分かる」

圭はスマホを受け取ると、壁際まで下がって、撮影位置についた。長坂誠はパイプ椅子を襖の傍らに置き、ギターを手に座ってみた。

「どう? 邪魔になってない?」

「もうちょっと右」

「この辺?」

「そこ」

長坂誠は色褪せた黒のTシャツに黒のハーフパンツを穿《は》いている。黒子に徹するつもりなのだ。しかしこれではあまりにも芸がなさすぎるか。

「ちょっと待って」

長坂誠は一旦立ち上がり、もう必要のなくなった包帯を頭に巻いた。これも一つの違和感を生むかもしれない。少なくともまともじゃない感じが出るだろう。

「よし、これでいい」

長坂誠はパイプ椅子に座り直した。

「おれたちはチームだ。チームの名前は〈マコとマコト〉。いいかい？」

「いいね」

「いい」

「じゃあ、ファーストテイクでいくぞ」

「ファーストテイクって何？」

「最初の一発でキメるってことさ」

室内に緊張が走った。空気が引き締まる。

「真子ちゃん、思いっきり歌っていいんだぞ。つっかえてもいい、歌詞間違えてもいい。心のままに歌え」

「分かった」

「じゃあ圭君、回してくれ。いくぜ！」

長坂誠は前奏を弾き始めた。曲はもちろん吉田拓郎の「おきざりにした悲しみは」だ。そう長くもない前奏が終わったところへ、抜群のタイミングで真子は歌い出した。

「生きてゆくのは、ああ、みっともないさ」

その歌声！　生きてゆくのはみっともないことだと、心に直接訴えかけてくる。ギターを弾きながら、長坂誠は自分のみっともない生きざまを反芻した。生きる喜びと、生きる悲しみ。それがないまぜになって、頭の中を駆け巡る。ヤバい。泣きそうだ。この切なさ。どこから来るのだろう？　歌詞にはないが、真子は「帰ってきてくれ」と歌っている。おきざりにされたのは自分たちではなく、母親の方なんだと歌っている。それは半端な感傷ではない。実感だ。身が千切れるような実感が、そこにはある。

「ああ、おきざりにした、あの生きざまは、夜の寝床に抱いてゆくさ」

真子は見事に歌い上げた。歌詞を間違えることも、つっかえることもなかった。一瞬のような、一時間のような時間が流れた。生きていてよかった、と長坂誠は感動していた。

「すごい」

圭は一言、そう言って構えていたスマホを下ろした。瞳が潤んでいる。

この動画は、その日のうちにユーチューブに投稿された。始めの二、三日は何の反響もなかったが、やがては大変なことになる。三人は自分たちの運命が大きく変わることを、まだ知らない。

9

正午だ。

従業員たちは一斉に昼食を摂る。中には自前の弁当を持ってくる奴もいるが、大抵はA棟二階の社員食堂を利用している。長坂誠もその一人だ。味はまあそこそこだが、何しろ値段が安い。定食が四百五十円、うどんは三百円だ。今日は何にするかな、と考えながら長坂誠は券売機の列に並んでいた。待っている間に、ふとスマホを取り出してみると、誰かからラインが届いていた。妹のみどりからだ。開いてみるなり、長坂誠は仰天した。

〈お父さん死んだみたい。連絡くれ〉

あまりにも素気ない文章だった。刹那、頭の中が真っ白になる。人の動きが止まり、食堂内のざわめきが消えた。親父が死んだ？　どういうことだ？

長坂誠は券売機の列から離れ、廊下に出た。ラインの電話機能にタッチして、呼び出し音を耳にする。すぐにみどりは応答した。

「親父が死んだって？」

「そうなんよ」

「死んだみたい、みたいってどういうことだ？」

「あの女の人、ええと咲子さんだっけ、あの人から手紙が来たんよ」

「手紙？　電話じゃなくて？」

「電話もしたみたいなんじゃけど、お兄ちゃんもあたしも、番号変わっとるけえ、繋がらなかったみたい」

「いつだ？　いつ死んだ？」

「ええとね、ちょっと待ってや。あ、八月一日、午後三時て書いてある」

長坂誠は絶句した。八月一日午後三時といえば、ちょうど自分が頭をぶつけた時ではないか。つまりあれは、虫の知らせというやつだったのか。

「遺言でね、葬式は出さんでええから、すぐに焼いて骨にしてくれ言うとったみたい」

「ええ？　じゃあ、もう焼いてもうたんか？」

「そうみたい。ほんで、骨を引き取りに来て欲しい言うて」

「骨を？　ちょっと待て。よう分からんがな。どけえ取りに行きゃあええんじゃ？　住所と電話番号、書いてあるか？」

「ある」

「ほなその手紙、写メ撮って送ってくれ。もう一回電話するけえ」

「分かった」

一日、電話を切る。長坂誠は意味もなく、廊下を行ったり来たりした。ほどなくみどりからの写メが二枚届いた。一枚は封書の裏書きで、長坂咲子の名と大阪の住所が書いてある。そうか、籍を入れたんだったな。手紙の方はごく事務的な文章で、こうあった。

〈取り急ぎお知らせいたします。去る八月一日午後三時、お父様の仁義様が亡くなられました。九十歳。死因は老衰でした。すぐにお電話差し上げたのですが、誠様もみどり様も連絡がつかず、こうしてお手紙を書いております。生前の遺言で、葬式は出さず、すぐに焼いて骨にしてくれとのことでしたので、八月三日に荼毘《だび》にふしました。お骨は私の元にございます。後は誠様、みどり様にお任せするとのことでしたので、ご面倒ですが、受け取りに来てくれますか？　お待ち申し上げております。

長坂咲子〉

末尾には、携帯の電話番号が添えてある。すぐにみどりに電話する。

「もしもし？　読んだで」

「どないするん？」

「どないもこないも、放っておくわけにいかんじゃろう。今から電話して、受け取りに行くわ」

「ほんでどうするん？　こっちへ持ってくるん？」

「そらそうじゃ。墓に入れてやらにゃならんが」

「あたし嫌じゃ。お兄ちゃん、やってや」

「おふくろは？　なんて言うとる？」

「ちょっと待って。スピーカーにするけえ」

ややあって、母光枝の声が響いた。声がひどく嗄《しわが》れて、別人のようだった。

「もしもし？　誠か？　元気にしようか？」

「ああ、元気じゃ」

「お前、たまには電話してきてくれや。あたしゃ寂しいが」

「ごめんごめん。それよか親父のことじゃ。亡くなったんやで。分かっとるか？」

「ああ、聞いた聞いた。もう焼いて、骨になったんじゃろう？　せいせいした」

「わし、受け取りに行って、そっちへ持って行くけえ」

「いつ？」

「多分、明日」

「嫌じゃなあ。お前んとこへ持って帰ってくれんか」

「そんな……墓に入れてやらにゃいけんが。骨入れいうんは、いつやるんじゃったっけ？」

「四十九日。けど、あたしゃ嫌じゃ。何もしとうない」

「分かった分かった。おふくろは何もせんでええ。わしが全部やるけえ。みどり、聞いとるか？」

「あいよ」

「とにかく今から大阪に電話して、段取りつけるけえの。ほんで明日、そっちへ行くけえ」

「え！　お前、帰ってくるんか？」

「ああ、帰るよ」

「泊まってくか？　何か食べたいもん、あるか？」

「そんなもん、何でもええよ。とにかくまだ何も決まっとらんのじゃけえ、また電話するわ」

「誠、誠。大阪は悪い人が多いけえ、気ィつけてな。寄り道したらあかんで」

長坂誠はそれには応えず、素気なく電話を切った。そしてすっかり老いぼれた母光枝の顔を思い浮かべ、切ない気持に苛まれた。最後に会ったのはコロナ禍前だから、四年前の正月になろうか。おれにとってのおふくろは、おきざりにした悲しみの一つだ。そんなことを思う。

それにしても気の毒なのは親父だ。亡くなったというのに、誰も悲しんではいない。おれ自身も、驚きはしたが、悲しいかと問われれば、そうでもない。何だこの感情は？　何なんだこの虚しさは？

長坂誠は咲子の電話番号を一旦記憶し、キーパッドに入力した。発信。呼び出し音が四回ほど響いて、相手が出た。

「もしもし？」

不審げな声だ。知らない番号だからだろう。

「もしもし、誠です。長坂誠です」

「あらあ、誠さん。誰や思うたわ」

「手紙、読みました。この度は父が色々とお世話かけまして、申し訳ありません」

「いえいえ、どういたしまして。今、岡山？」

「いえ、東京です。五年前から東京で働いてます」

「あら、そうやったん。ほな手紙はみどりさんが？」

「そうです。今さっき、みどりから電話があって」

「まあ、そうやったん。ほんまになあ、あんたの許可もなしに焼いてもうて、堪忍や」

「いえ、いいんです。いいんですよ。お手間取らせまして、すみませんでした」

「葬式は出さんでええて、前から言うとりましたさかいにな。堪忍や」

「いえ。あのう、お骨は今、お手元に？」

「ここにありまっせ。受け取りに来てくれはる？」

「伺います。今日は仕事がまだあるんで、明日。もう一回電話入れますけど、明日の午前中に伺います。ご住所はこれ、住吉区のマンションですね？」

「そうです。まあ、よかったわあ。お父さんも喜んではるわ」

「そうですね。では、明日。新幹線に乗る前に、もう一度お電話差し上げますので」

「はいはい、分かりました」

「失礼します」

「ほな、さいなら」

電話を切る。一時間も話していたような気がした。遠い、空虚な気持だ。長坂誠は廊下の壁にもたれて、しばらくぼんやりしていた。そこは空調の効きが悪くて、次第に暑さが募ってくる。額の汗が粒となって、頬にこぼれる。それを手の甲で拭って、食堂に戻る。

西側の窓際の四人がけのテーブルに一人、立林の姿がある。通路を隔てた四人がけのテーブルには、玉川さん、横田さん、佐々木君が座って、昼飯をかき込んでいる。

「あ、長坂さん。こっちこっち」

立ち上がって手招きをする佐々木君に軽く会釈して、立林の前に進み出る。カレーを食っていた立林はスプーンの手を止めて、顔を上げた。

「何だよ?」

「父が亡くなりました」

「ええ!」

と声を上げたのは、立林ではなく、隣のテーブルの三人だった。

「なので明日と明後日、休みを取らせてもらいます」

「何だよ急に。困るよ。シフト、ガチガチに組んであるんだから。急にそんなこと言われても、困るよ」

こいつ、本当に人間やるの初めてだな。あの時、病院で老人が言っていたことが思い出される。

「おい、立林。忌引《きび》きの休みは三日だって、就業規則に書いてあるだろう」

今年還暦を迎えたばかりの玉川さんが、怒りを含んだ声色で言った。

「それは正社員の場合。派遣は別だよ。第一長坂さん、先週だってさあ、事故起こしてみんなに迷惑かけたばかりじゃない。困るんだよ実際」

「困るのはこっちだよ」

長坂誠は凄んで見せた。立林は怯んだ。

「じゃあさ、明日は休んでいいよ。でも明後日はダメ。明後日はおれ、休み取ってるんだから。あんた休んだら、おれ出なくちゃならないじゃない。困るよそんなの。おれ、用事あるんだから」

「何の用事だ?」

「ええ？　秋葉原のメイドカフェだよ。三ヶ月待ちの予約、やっと取れたんだから。今更キャンセルなんて、そんなの困るんだよ」

「この野郎！」

一声吠えて殴りかかったのは、佐々木君だった。その拳は空を切り、立林は仰向けに引っくり返った。

「何すんだよ！」

「この、人でなし！」

「止めろ佐々木君！」

辺りは騒然となった。食堂の視線が一斉にこのテーブルに注がれた。

「親が死んだんだぞ！　親が！　それを何だお前！」

佐々木君は涙声で言った。立林はムキになって言い返す。

「佐々木！　お前クビだ！　長坂！　お前もだ！　主任に言いつけてクビにしてやる！」

立林は憤然と立ち上がって、食堂から出ていった。食堂内はざわざわしている。

「よくやった佐々木君。君がやらなきゃ、おれが殴ってるところだ」

横田さんが言った。

「ありがとう佐々木君。ありがとう」

長坂誠は頭を下げた。涙が出た。それを見て、玉川さんが言う。

「長坂さん、今日はもう早上がりしなよ」

「いや、今日は大丈夫です」

「そんなこと言わないで、休みなよ」

「いや、今日は大丈夫。その代わり、明日と明後日は休みますから、後をお願いします」

「分かった。立林の言うことなんて気にするなよ。あんな奴いなくたって、おれらで何とかするから」

「そうだよ。おれ、二人分働く」

「ありがとう。みんな、ありがとう」

長坂誠は頭を下げた。嫌な奴もいるけど、いい奴だっているのだ。世の中、まだまだ捨てたもんじゃないよな。心底そう思った。

夕陽が長坂誠の影を路上に長く伸ばしている。路面は熱く、靴の裏が溶けそうだ。さくら荘に帰り着くと、外階段を上っている途中で、真子の歌声が聞こえてくる。

季節のない街に生れ
風のない丘に育ち
夢のない家を出て
愛のない人にあう

人のためによかれと思い
西から東へかけずりまわる
やっとみつけたやさしさは
いともたやすく　しなびた

春をながめる余裕もなく
夏をのりきる力もなく
秋の枯葉に身をつつみ
冬に骨身をさらけ出す

今日ですべてが終るさ
今日ですべてが変る
今日ですべてがむくわれる
今日ですべてが始まるさ

泉谷しげるの「春夏秋冬」だ。ギターのコード進行が比較的簡単だから、この曲を選んで練習しているのだろう。それにしても真子の歌声とこの歌詞が、今の自分には沁みてきて、胸がきゅっと窄《すぼ》まる思いだ。扉を開けると、ギターを抱えたままの真子が、すっ飛んでくる。

「おかえり！　おかえり！」

「ただいまー。今の歌、いいねえ」

「マジで？　今日、一日中練習してたんだ」

「そうか。偉いな」

褒められると、真子は小鼻を膨らませて、得意げな顔をした。可愛い娘だ。

「今日はお弁当だよ」

武蔵小金井の駅ビルで買ってきた幕内弁当三つを小机の上に置く。

「おれ、シャワー浴びるから、先に食べてていいよ」

「いただきまーす」

シャワーを浴びながら、長坂誠は迷っていた。父仁義の死を、二人にどう話すべきか？　そして明日、明後日と家を空けることを二人はどう思うのか。嘘はつきたくない。やはりありのままを話すべきだろう。二人とも、頭のいい子たちだ。ごまかさずにちゃんと話せば、きっと納得してくれるだろう。

風呂場から出ると、長坂誠は上半身裸のまま、座椅子に腰を下ろした。左手の襖いっぱいに書かれた八行の書が、異彩を放っている。何かの生き物が、こちらをじっと見据えているような感じだ。弁当を食べる前に、長坂誠は切り出した。

「実は話がある。聞いてくれ」

二人の間に緊張が走った。

「おれのお父さんがな、死んだんだ。今日のお昼に連絡が入った」

真子はびくっと肩を震わせた。顔色を変え、言葉を失っている様子だ。

「もう九十歳でな。いわゆる大往生ってやつだ。大往生って、分かる?」

二人は揃って首を横に振った。

「長いことよく生きたね、お疲れ様ってことだ。もう頑張らなくていいよ、よかったねって意味だよ」

長坂誠は小机の上のコップに麦茶を注いで、一口飲んだ。

「煙草、吸ってもいいかい?」

二人は神妙な面持ちで頷いた。煙草を一本咥え、火をつける。エアコンの風で、紫煙が霧散する。

「それで、だ。おれは岡山に帰らなくちゃならない。明日の朝ここを出て、岡山に一つ泊まって、明後日の夕方には帰ってくる。その間、二人は留守番して、ここを守っていてもらいたいんだ」

「帰ってくる? マジで帰ってくる?」

「帰ってくるさ。必ずだ」

「あのね、あのね、明後日って、八月九日だよね。あたしたち、誕生日なの」

「あたしたち?」

「そうなの。二人とも八月九日生まれなの」

「そうなのか。それはめでたいことじゃないか。幾つになるんだ?」

「あたしは十四。圭は十一だよ」

「そうかあ。じゃあお祝いしなくちゃね。何か欲しいもの、あるかい？」

「ない。何にもいらない。だから帰ってきて」

「帰ってくるさ。そうじゃなくて、何かプレゼントさ。欲しいもの、あるだろ？」

「ないよ。何にもいらないよ」

「あつ森は？」

あつ森というのは、ニンテンドースイッチのゲームだ。先週、スマホを貸してやったら、真子は〈あつ森〉と検索して、二人で熱心にゲーム観戦をしていた。それを思い出したのだ。

「いらない。そんなゼータク、無理だよ」

「無理じゃないさ」

煙草を消し、スマホを手に取って検索してみる。ゲーム機本体とソフトが一緒になった〈あつ森セット〉というのがあった。五万円近い値段だ。

「うーむ」

長坂誠は唸った。無理ではないけれど、かなりきつい値段ではある。銀行の残高と、次の給料日までの生活費、岡山までの交通費などを考え合わせると、すっからかんになるのは目に見えている。

「保留。保留ね。ちょっと考えさせてくれ」

「何もいらないってば。だから帰ってきて」

「分かった分かった」

長坂誠は自分で言い出しておいて保留にしたことが、恥ずかしかった。だからそれをごまかすために、弁当を食べ始めた。二人はその様子を、黙って見つめている。テレビをつけて、くだらないバラエティ番組にチャンネルを合わせる。ばつが悪いこと、この上ない。

弁当を食べ終えると、長坂誠はスマホを手にして、二人の母親に電話をかけてみた。これはもう朝と晩、日課のようになっている。例によってピピッと特殊な音がしてから、呼び出し音が響く。しかしやはり相手は出ない。二十回鳴らすと呼び出し音は途絶え、画面が切り替わる。ボイスメッセージをタッチして、メッセージを残す。

「私、21号室の長坂です。真子ちゃんと圭君が心配してます。連絡ください」

もう何度、同じメッセージを残したことだろう。しかし一切反応はない。真子と圭は不安そうな、切なげな顔でこちらを見ている。

「なあ真子ちゃん、圭君、怒らないで聞いてくれ」

長坂誠は落ち着いた声で言った。

「お母さんのこと、おれは心配でならない。君たちだって、そうだろう?」

「うん」

「でもこのままじゃ、埒《らち》があかない。探そうにも、何の手立てもない。だから……やっぱり警察に相談してみるのが、一番だと思うんだ」

真子も圭も、口をぎゅっと結んで、何かに堪えるような顔をしている。

「お母さんが出ていったのは、七月何日だっけ?」

「十一日の夜」

「もうすぐ一ヶ月だろう？　いくら何でも長すぎるよ。そう思わないか？」

「お母さんは生きてるよ」

圭が小声で呟いた。

「うん、そうだね。きっと生きてるよ。だから探してもらわなきゃならないだろう？」

「そうだね」

「よし、じゃあこうしよう。十一日まで待とう。それでも帰ってこなかったら、十二日の朝、おれ警察に相談しに行くから。君たちは何もしないで、ここにいていい。おれが全部引き受けるから。それでいいね？」

真子と圭は互いの顔を見合わせてから、小さく頷いた。長坂誠は内心、ほっと胸を撫で下ろした。しかし心の底には黒い、澱《おり》のようなものが沈殿していて、どうしても腑に落ちない。何故、二人の母親は帰ってこないのか？　本当にまだ生きているのか？　もし海外にいるのだとしたら、そこで何をやっているのか？　分からないことだらけだ。

十時半。

長坂誠はいつものように台所の床に煎餅布団とゴザを敷いて、寝支度を整えた。六畳間の灯りを消して、子供たちは既に眠っている。手元灯りをつけて寝転がり、ドストエフスキーの『罪と罰』の新訳を読み始める。が、全然頭に入ってこない。今日一日に起きた様々なことが交錯して、猛スピードで脳裏を過ぎる。読書どころの騒ぎではない。

「ねえ、おじちゃん……」

眠っていると思っていた真子が、声をかけてきた。

「起きてたのか。何だい?」

「お父さん死んじゃって、悲しい?」

「そりゃあ、悲しいよ。悲しいけど、仕方がない」

「人は、どうして死んじゃうの?」

「うーん、難しい質問だなあ」

束の間、長坂誠は考え込んでから、

「あのね、真子ちゃん、人間だけじゃないよ。動物も虫も草も、みんな同じだ。生きているものはね、必ず死ぬんだよ。そういう定めなのさ」

「定め?」

「神様がそう決めたんだ。誰も逆らえない」

「神様なんて、いるの?」

「いる。おれはそう思うよ。おれはね、真子ちゃん、分からないことがある時は、逆を考えてみることにしてるんだ」

「逆? 逆ってなあに?」

「例えばさ、もし人が死ななかったら、どうなる? ずうっと永遠に生き続けて、死ななかったら、どうする?」

「キモい」

「キモいなんてもんじゃないだろうよ。終わりがないんだぜ。ずうっと生き続けるんだぜ。そんなの堪えられないよ。地獄だよ」

薄闇の中で、真子はじっと考え込んでいる。長坂誠は本を閉じ、手元灯りを消した。

「だから神様は、終わりを与えてくれたんだ。ただし、いつ終わるのかは誰にも分からない。分からないから、終わりが来るその日まで、おれらは精一杯生きるしかないんだよ」

目を閉じる。

人は必ず死ぬ。瞼の裏に浮かんできたのは、父仁義の顔ではなく、元妻の初美の顔だった。何年ぶりのことだろう。忘れてしまいたい世紀末の思い出が、次々と蘇ってくる。おきざりにしたあの生きざまが、まどろみの中で夢に窯変《ようへん》してゆく。

10

世紀末。

四十二歳の長坂誠は、中野にある犬俣秀一《いぬまたしゅういち》という男の家に居候していた。前の居候先、城正の家を出てから、もう三年が経とうとしていた。

犬俣と知り合ったのは、まだ初美と一緒にデザイン事務所をやっている頃だった。都議選に出馬する先輩の秘書、という肩書きで犬俣は現れた。

「選挙用のポスター、お願いしますよ」

犬俣は頭も下げずにそう言って、イッ、イッ、イッと独特の笑い声を漏らした。妖怪みたいな奴だな、というのが最初の印象だった。当たらずといえども遠からず。犬俣は根っからの悪人で、本当に妖怪みたいな奴だった。年は長坂誠より十歳くらい下だったろうか。本当の年齢は未だに分からない。

都議選に出馬した先輩が落選すると、犬俣はいよいよ本性を顕《あらわ》した。麻薬の売人、恐喝、窃盗、詐欺。金になるなら何でもやる。それが犬俣だった。

二〇〇〇年の十二月のある晩のことである。

長坂誠は犬俣の家の六畳間で酒を飲みながら、麻雀の卓を囲んでいた。炬燵板を引っくり返した、手積みの麻雀だ。相手は犬俣の内縁の妻、フィリピーナのリリー。元運び屋で、今は庭師を生業《なりわい》としている須賀《すが》心平《しんぺい》。応援団の元団長で、剣道で日本一になったこともある新宿の顔役、鳥取山昇《とっとりやまのぼる》。三人とも、一癖も二癖もある連中だ。

「犬の野郎、遅えな」

心平さんが言った。

「どこまで買い物に行ったんだ?」

「知らないヨ」

リリーが答える。

「あの人、嘘しか言わない」

三人は笑った。確かにその通り、犬俣は嘘しか言わない男だった。

「心平さん、何か飛び道具、ないの?」

「ないね。今日は集金と仕入れに来たんだ」

「長坂氏、あんたも好きだねえ。酒飲んで酔っ払ってりゃあ、それでいいじゃん」

鳥取山は煙草に火をつけて、チュウゥーと音を立てて吸った。火先がめらめらと燃えて短くなってゆく。こんなに力強く煙草を吸う奴は他に見たことがない。

「鳥取山よお、景気はどうなんだい?」

「景気? よくないねえ。最近、みんなおとなしくてよ。揉め事が少ねえから、おれの出番もなしさ」

鳥取山は歌舞伎町にある亜細亜興行というヤクザまがいの会社の用心棒として雇われている。腕っぷしはもちろんだが、鳥取山の本当の武器は顔だ。応援団の団長として高校、大学とトップに君臨していたために、後輩たちの多くは闇社会に流れて、今はそれなりの顔役になっている。こいつらがみんな、鳥取山に対しては頭が上がらない。だから揉め事が起きた時、鳥取山が仲裁に入ると、大抵はおさまるのだ。

「ロン」

心平さんが牌を倒した。

「七対子《チートイツ》」

「あちゃあ。やられた」

この中で金を持っているのは鳥取山だけなので、狙い打ちしているらしい。何回めかの半荘《ハンチャン》が終わった。鳥取山は腹立たしげにウイスキーをグラスに注ぎ、一気に呷った。怪訝そうな顔をする。

「何だこれ？　これ本当に響《ひびき》か？」

「瓶だけですよ。中身はホワイト」

「何だよ、酒まで嘘かよ」

三人は笑った。鳥取山は財布から一万円札を出し、リリーに手渡した。

「これでいい酒買ってこい。いいか、安いの買ってくるんじゃねえぞ。高いやつだ」

「はいヨ」

リリーはコートを羽織って、すぐに出ていった。その後ろ姿を見送った後、長坂誠は言った。

「ありゃあ、帰ってきませんよ」

「なにィ?」

「あいつ、最近スロットにハマってるんですよ。一万円も渡したら、駅前のパチンコ屋に直行ですよ」

「ちきしょう! またやられたのか」

鳥取山はいまいましげにそう言って、ウイスキーをもう一杯呷った。長坂誠もおこぼれを頂戴する。心平さんは、煙草をつけて一服する。紫煙が、六畳間にゆったりと漂う。しばらくの間があって、鳥取山は言った。

「二十世紀も終わりかあ……長坂氏、あの二〇〇〇年問題とかいうのは、どうなの? 問題なの?」

「そりゃ去年の話ですよ。そんなもん、問題が起きりゃ、愉快じゃないですか」

「だよなあ。ノストラダムスの予言も、結局当たらなかったしなあ」

鳥取山は意味ありげな笑いを漏らし、

「あん時、危なかったよな。長坂氏、この世の終わりになりかけたもんな」

「ああ、そうでしたねえ」

「おれ、命の恩人。そうだろ?」

「そうでしたねえ。あれは危なかった」

二人が話しているのは、前年の八月、西伊豆の松崎に十数人で海水浴に行った時の話だ。段取りをつけたのは犬俣で、行ってみると海岸にジェットスキー二台と、バナナボートまで用意されていた。

長坂誠はビーチパラソルの陰で酒ばかり飲んでいたのだが、夕方になって、ようやく重い腰を上げた。参加者の中に、相撲取りから格闘家に転身したザキヤマという大男がいたのだが、こいつに声をかけられたのだ。

「長坂さん、バナナボート、乗りませんか?」

ザキヤマはまだ二十代の弟子を二人、連れてきていた。酔っ払っていたので、長坂誠は何も考えずに、ザキヤマの誘いに応じた。

バナナボートは三人乗りで、長坂誠と二人の弟子がこれにしがみつき、ザキヤマのジェットスキーが引っ張る。海面を滑るように沖に向かってゆき、最初のうちは爽快だった。しかし段々不安になってきた。あまりにも遠く、沖に出すぎている。もう陸地がまったく見えない。

「おおい! 引き返せ!」

大声は波飛沫《なみしぶき》の音にかき消された。ザキヤマはますますジェットスキーの速度を上げ、沖へ沖へと突き進んでゆく。そして大波がきたタイミングで、いきなりUターンした。バナナボートが激しく回転し、三人は海上に放り出された。ザキヤマのジェットスキーは、浜を目指してどんどん離れてゆく。二人の弟子は、抜手を切って泳ぎ始めた。しかし長坂誠は、そうはいかない。もともとそれほど泳ぎが達者でない上に、酔っ払っていたのだ。

「ヤバい!」

しかも潮流の関係なのか、泳いでも泳いでも、前に進まないのだ。これは体力を温存した方がいいかもしれない。そう思って泳ぐのを止め、仰向けに浮いて、しばらく海上を漂う。しかし時折大波がきて、しこたま水を飲んでしまう。こんな風にして、おれは死ぬのか。本気でそう思った。

傾いた八月の太陽が、長坂誠の全身をぎらぎら照らし出していた。もうだめかも。そう思った矢先、一台のジェットスキーが、猛スピードで近づいてきた。運転しているのは、鳥取山昇だった。

「おおい！　大丈夫か」

「死ぬ！　死ぬ！」

長坂誠は必死になって、ジェットスキーの縁にしがみついた。もう体力の限界で、乗り上がることもできない。

「しょうがねえな」

鳥取山はそう言って、手を貸してくれた。何とかジェットスキーの後部座席に跨がると、鳥取山の背中にしがみついたまま、長坂誠は気絶した……。

「おれ、命の恩人」

以来、事あるごとに鳥取山は、恩着せがましくそう言うのだった。

「おれがいなきゃ、あれでお陀仏だったんだからな」

「いやあ、マジで感謝。感謝感激」

「バナナボートねえ……」

二人の話に耳を傾けていた心平さんが、口を挟んでくる。

「あれ、犬俣の差し金だったんじゃねえかなあ」

「ええ？　犬俣の？」

「あん時おれ、犬俣がザキヤマに何か話してるのを小耳に挟んだぜ。できるだけ沖の方まで行って、振り落としてこいとか何とかさ」

「マジで？　それマジ？」

「マジだよ。あんた、生命保険とか、かけられてなかった？」

「いや、そんな覚えは……」

犬俣ならやりかねない、と長坂誠はぞっとした。

「判子なんていくらでも手に入るし、筆跡を真似するくらい、あいつお茶の子だろ？」

「あの野郎……」

酔いが回っていたせいもあって、怒りがふつふつと湧いてくる。

「長坂さんよ、あんた、幾つだい？」

「四十二ですよ」

「厄年じゃねえか。こんなところでくすぶっていたら、マジで死ぬぜ」

「もう死んだも同然ですよ」

「あんた、何をそんなにふてくされて生きてるんだ？　自分の機嫌をとるのは、自分しかいないんだぜ」

「心平さん、いいこと言うねえ」

鳥取山が口を挟んでくる。かなり酔っている様子だ。

「長坂氏、働く気はねえのか？　風俗の呼び込みとか、パチンコ屋の店員とかよ。おれ、口きいてやってもいいぜ」

「パチンコは客として打つ方がいいな」

すると心平さんが、怒気《どき》を含んだ声で言った。

「そんな選り好みしてる場合かよ。山谷で立ちん坊したって、ホームレスでクズ屋やったって、ここでくすぶってるよりはマシだぜ」

「そうですねえ」

「とにかくここから抜け出した方がいい。思い切って、海外に出るっていう手もあるじゃねえか」

「海外?」

「スペインとかよ。スペイン、行ったことあるか?」

「ないっすよ」

「スペインいいぜえ。アメリカでもヨーロッパでもよ、白人の国へ行くと、何かこう黄色人種を見下してるような感じがつきまとうんだけど、スペインにはそれがないんだよ。それによ、芸術家だなんて言うと、無条件に尊敬してくれるんだな。おれが行ったのは五年くらい前だけど、そん時もよ、庭師やってるって知ったら、もう下にも置かないもてなしぶりでな。家に泊まれ、これ食え、キメ吸えって大騒ぎよ」

「そりゃいいなあ」

「あんた、絵も描くし、ギターも弾くし、詩も書くだろ。立派な芸術家じゃねえか。スペイン行ってよ、マドリッドの広場で路上ライブやったり、絵描いたりしてみなよ。絶対尊敬されて、誰かしら面倒見てくれるから」

「女は？　女」

鳥取山が訊いた。

「もう最高。情熱の国だぜ」

「なるほどねえ」

長坂誠は、マドリッドの広場で路上ライブをやっている自分の姿を想像してみた。情熱。それは今の自分に一番足りないものだ。情熱さえあれば、何だってできる。情熱さえあれば、どこへだって行ける。そうは思うのだが、今の自分の胸の中はうつろで、何も燃やすものがない。

「どうだい？　スペイン」

「いいですねえ。でも旅費がなあ」

「そんなもん、その気になりゃ、どうにでもなるだろ。いいじゃねえか、片道切符で」

「うーん……自信ないなあ」

「この腑抜け野郎！」

心平さんは一喝した。すごい大声だった。長坂誠はびくっとして、震え上がった。

「てめえを見てると苛々するんだよ！　どうしてもっと自分を信じねえんだ！　こんなところでくすぶって、腐っていくのが楽しいのかよ！　犬に食われて、死んじまえ！」

心平さんは立ち上がり、帰り支度をし始めた。鳥取山が、声をかける。

「帰るのか、心平さん」

「こんなところで飲んでられるか。飲み直しだ」

「あ、じゃあおれも行こうかな。歌舞伎町行く？」

「どこでもいい。案内しろ」

二人はそそくさと出ていった。

長坂誠は響の瓶に少しだけ残ったホワイトをグラスに注ぎ、舐めるようにして飲んだ。心平さん、いい人だな。改めてそう思う。だめだな、おれは。改めてそう思う。そして炬燵に足を突っ込んだまま、いつしか寝入ってしまった。


叩き起こされたのは、真夜中だった。

「おい！　起きろ！」

犬俣の声がして、肩の辺りを軽く蹴られた。時計を見ると、午前二時だった。

「痛えな。何だよ」

「ヤバい……ヤバい。マジでヤバいよ」

犬俣は顔面蒼白だった。いつものニヤニヤ笑いが、顔から消えている。炬燵の周りを歩き回りながら、ヤバい、ヤバいと連発している。

「何だ？　どうしたんだよ？」

「落ち着いて聞いてくださいよ」

「落ち着くのはお前だよ。何があった？」

犬俣は、ぎんぎんにキマった血走った目で長坂誠を見据えながら、

「初美さんが死にました。マジで」

「え？　ええ！」

頭の中で、があんと鉦《かね》が鳴った。酔いが一気に醒める。

「初美が死んだ？　死んだってどういうことだ？」

「だから死んだんですよ」

「どうして死んだんだ？　何があった？」

「シャブですよ、シャブ。あの女、シャブ中だったから」

「初美がシャブ中？」

「おれはね、もう止めとけって言ったんですよ。それなのにあの女、平気でがんがんキメて」

「嘘だ！　嘘だろ？」

「嘘じゃないですよ。マジですよ」

犬俣が言うには、初美はもう何年も前からシャブにハマっていたらしい。最初はイラン人の売人から買っていたのだが、ほどなく犬俣の客となった。今夜も初美の方から連絡があって、九時に西武新宿駅の改札で待ち合わせた。ブツを渡すだけのつもりが、すぐにキメたいと言うので、一緒に新大久保のラブホテルに入ったのだという。

「一発ヤってから、おれ風呂に入ったんですよ。その間にあの女、またキメてたみたいで。上がってきたら、もう死んでたんですよ。おれは何もしてないっすよ」

「この野郎！」

かっとなって、長坂誠は殴りかかった。しかしその拳は空を切り、逆に一発、右フックを食らった。もんどりうって、倒れ込む。炬燵板の上の麻雀牌が部屋じゅうに弾け飛ぶ。

「おれはできるだけのことはしたんだよ！　心臓マッサージとかよ！　だけどもう死んでたんだよ！」

犬俣は凶悪な顔つきで言い放った。目が、異様にぎらぎらしている。長坂誠は床に転がった体勢を立て直し、必死で食い下がった。

「救急車は！　救急車呼ばなかったのかよ！」

「バーカ」

犬俣は唾を吐きかけてきた。

「そんなことしたら、こっちの手が後ろに回っちまうじゃねえか！　とにかくヤバいんだ。ヤバいんだよ！　早いとこトンズラしねえと！」

「逃げるのかお前！」

「うるせえ！　すっこんでろ！　おい、リリー！　リリー起きろ！」

襖が開いて、隣の部屋で寝ていたリリーが、もそもそ這い出してくる。六畳間の騒ぎを聞きつけて、とっくの昔に目覚めていたらしい。

「ケンカ、よくないヨ」

「うるせえ！　パスポート出せ。おれのパスポート」

「どこ行くカ？」

「フィリピンだ、フィリピン。高飛びだ。飛行機の時間、調べろ。朝イチのやつだ」

「おい、待て！　どこのラブホだ！　新大久保の何てラブホに入ったんだよ！」

「知らねえよ！　知ってても、誰が教えるかよ」

「くそ！　警察に電話してやる！」

「してみろよ。何て言うんだ？　元女房がラブホで死んでるから、調べてくれって言うのかよ」

「救急車だ。救急車呼ばないと。まだ間に合うかもしれないじゃないか」

「だからもう死んだって言ってるじゃねえか！　手遅れなんだよ！」

「嘘だ。嘘つけ！」

「ああ嘘だ嘘だ。全部嘘だよ。おい、リリー！　早くパスポート出せってえんだよ！」

「許さない！　絶対許さねえぞ！」

「発見されるのは朝十時以降だから……よし、まだ時間はあるな。成田まで車で行って……おい、リリー。マニラまで飛行機、幾らくらいだ？」

「分からないヨ。七万円くらいカ」

「くそ、高えな。朝イチの便、分かったか？」

「今、調べてる」

「早くしろよ、早くよお」

「パスポート、あったヨ」

リリーは二人分のパスポートを差し出した。それを見て、長坂誠は助言した。

「リリー、お前棄てられるぞ。こいつ、一人で逃げる気だ。お前、成田で棄てられるぞ」

「余計なこと言うんじゃねえ！」

また殴られた。床に伏して、うずくまった長坂誠をよそ目に、犬俣は大慌てでボストンバッグを取り出し、金目のものや洋服を詰め込み始めた。

「朝十時の飛行機、あるヨ」

リリーが声をかける。

「よおし、それでいい。リリー、お前も早く荷物まとめろ。一緒にフィリピンに帰るぞ」

リリーは自分の部屋に引っ込み、大慌てで荷物をまとめ始める。犬俣は一通りのものをボストンバッグに詰め終えると、うずくまっている長坂誠に声をかけた。

「長坂よお、お前も逃げた方がいいんじゃねえのか。ここにいたら、サツに捕まるぜ」

「うるせえ！　お前、絶対に許さないからな」

「おうおう、威勢がいいねえ。そんなら死ぬまでここにいろよ。どけ！」

立ちはだかった長坂誠に前蹴りを食らわせて、犬俣は六畳間を出ていった。

「おい、リリー。おいてくぞ！」

「待って！　待ってヨ！」

小さな旅行ケースを手にしたリリーが、後に続く。玄関口で犬俣は振り返り、イッ、イッ、イッと嗤《わら》った。

「あばよ」

二人は出ていった。玄関の扉が閉まると、それきり室内はしいんと静まり返った。長坂誠は茫然と立ち尽くしたまま、動けなかった。あまりにも突然の出来事だったので、未だ状況が飲み込めない。

「初美が死んだ？」

口に出して呟いてみても、全然実感が湧いてこない。思い浮かぶのは、初めて出会った時、

「そうでしょ」

と言って振り返った初美の顔だ。その顔と、シャブ中という言葉は、あまりにもかけ離れている。信じられない。どうしても信じられない。

長坂誠はジャンパーを着て、ようやく表に飛び出した。近くの駐車場まで走っていくと、犬俣の車の姿がない。それは盗難車のナンバーを付け替えた白のセルシオで、フロントにもリアにも、ひどくぶつけた痕がある。

どうしよう。どうすればいい？

分からないまま、長坂誠は真夜中の街を彷徨《さまよ》った。いつの間にか、新大久保のラブホテル街まで歩いていた。時間が時間だけに、辺りには立ちん坊の娼婦の姿もない。

「どこだ？　どこだ……」

あまりにも多くのラブホテルが建ち並んでいた。どこに初美がいるのか、外から見ただけで分かるはずもない。それとも一軒一軒尋ねて回るのか？　何て訊けばいい？　二時頃、男だけ先に出ていった部屋はありませんか、とでも尋ねればいいのか。無理だ。

冷たい風が吹いていた。

長坂誠は歌舞伎町のラブホテル街まで歩いてゆき、また新大久保へ戻ってきた。事態は何も変わらない。寒々しい時間だけが、刻々と過ぎてゆく。埒があかない。ポケットの中には携帯電話が入っていたが、料金滞納で三ヶ月前から通話不能になっている。長坂誠は決心して、コンビニ脇の公衆電話の受話器を取った。どうしてもっと早く、こうしなかったのだろう。自分でも不思議だった。110番に電話する。呼び出し音が鳴るか鳴らないかのうちに、相手が出た。

「はい110番です。事故ですか、事件ですか?」

若い男の声だった。長坂誠は咄嗟に、

「事件です」

と答えた。電話の向こうで、緊張が漲《みなぎ》る。

「どうしました?」

「女が死にました。新大久保のラブホテルです」

「何ていうラブホテルですか?」

「それが分からないんです」

「救急車は呼びましたか?」

「いいえ。どこのラブホテルか分からないので、まだ呼んでません」

「その女性の容態はどうなんです? 脈はないんですか? 呼吸は?」

「分かりません。おれ、直接見たわけじゃないんです。死んだっていう話を聞いたんです。犯人の名前は分かってます。犬俣秀一。犬は動物の犬。俣は人偏《にんべん》に口書いて天。秀才の秀に数字の一で、犬俣秀一。前科があるから、調べてください。こいつが今、車で成田空港に向かってます。フィリピンに高飛びするつもりなんです。捕まえてください」

長坂誠は一気に喋った。途中、呂律が回っていないことに気づいたが、そんなことには構っていられなかった。

「女性の名前は？」

長坂誠はちょっと考えてから、初美の旧姓を告げた。

「楠本初美です。とにかく早く成田空港に連絡して、犬俣を捕まえてください！」

「あなたのお名前は？」

しばらく躊躇ってから、長坂誠は無言のまま、受話器を置いた。ごめんな。胸の中で、初美に詫びる。他にどうしようもないんだ。おれには何もできない。

長坂誠は夜明け前の薄暗い街中を歩いて中野まで帰った。そして絵筆や絵の具の入った泉屋のクッキーの缶と下着数枚をボストンバッグに詰め込み、ハードケースに入れたギターを抱えて、中野の家を出た。

この先何をどうすればいいのか、まったく分からなかった。背後から、冷たい風が吹きつけてくる。ごめんな初美。ごめんな。うわごとのように呟きながら、ただ歩く。悪い夢の中を彷徨っているような気分だった。

夜が明けてきた。世紀末の十二月十三日の朝だった。

11

長坂誠は岡山駅に降り立った。

白い半袖シャツに黒いネクタイ、黒いズボンに黒い革靴を履いていて、両手には白布で包んだ白木の箱を携えている。その中には、父仁義の遺骨を収めた骨壺が入っていた。かなりの重量だ。行き交う人々が、控えめな視線をちらちら投げかけてくる。

東口を出ると、表はいきなり暑かった。空が青い。暑いけれど、そこにはどこか穏やかな空気が流れている。ああ、岡山だ。戦わなくていいんだ。そんな気がする。

駅前のロータリーに、深緑色の軽ワゴンが停まっている。妹みどりの車だ。ゆっくり近づいていくと、後部座席の窓が開いて、

「誠！　誠！」

と母光枝の声がする。子供みたいにはしゃいでいる。

「ただいまー」

くだけた調子でそう言って、助手席に乗り込む。車内はエアコンが効いていて、快適だ。

「よう帰ってきた。よう帰ってきたのう」

光枝はそう言って、背後から座席ごと抱きしめようとするのだった。車は発進して、駅前の大通りを後楽園方面に走っていく。運転席のみどりは、時折白布に包まれた骨壺に目を遣りながら、

「それ、モロに骨が入っとるん？」

「モロじゃねえわ。ちゃんと骨壺に入っとる」

「重そうじゃな」

「骨壺がな、重いんじゃ」

「誠、誠。お前、茄子好きじゃったろ」

後部座席から、光枝が口を挟んでくる。

「茄子のな、料理な、ようけ作ったけえ、食べや」

「ああ、ありがとう」

前を向いたまま、上の空で答える。みどりが声を低めて訊いてくる。

「オバハンは？　どないやった？」

オバハンというのは、大阪の咲子のことだ。

「ああ、元気そうじゃった」

新大阪に着いたのは、九時半だった。すぐに住吉区我孫子へ向かい、グーグルマップを頼りに、咲子の住む小さなマンションに辿り着いた。

「まあ、まあ、よう来てくれはったなあ」

咲子は歌うようにそう言って、長坂誠を迎えてくれた。中へ入ると、うっすら線香の香りがした。

見ると、リビングの片隅に小さな祭壇が設《しつら》えてあり、寸胴の骨壺と手形サイズの遺影が置いてあった。

「お線香、あげてやってや」

長坂誠は言われるままに線香をあげ、手を合わせた。何を祈ればいいのか、分からなかった。遺影を目にして、こんな顔だったかな、と思う。

「最後はな、何も苦しまんと逝ったんよ」

長坂誠は向き直り、改めて深く頭を下げた。

「この度は、父が大変お世話になりました。本当にありがとうございました」

「ええんよ、そんなん。あたしの方こそなァ、連絡もせんと、勝手に骨にしてもうて。堪忍や」

「いえ、いいんです。助かりました」

それきり、話すことはなくなった。咲子は、亡くなる前の数年間の仁義の様子を問わず語りに話したが、長坂誠は黙ってそれを聞くだけだった。滞在時間は、二十分ほどだったろうか。最後に、咲子は骨壺の中から骨の一部を摘み上げ、銀色の茶筒に入れて、

「あたしはこんだけ。もろといてもええ?」

「もちろんですよ」

「あ、あとこれ。死亡診断書のコピーな。役所の届けは、あたし出しといたんやけど、お墓に入れる時とか、いるかもしれんやろ?」

「ありがとうございます」

骨壺を白木の箱に入れ、白布で包む。持ってみると、ずっしりと重かった。

「ほな、さいなら。元気でやってや」

長坂誠は頭を下げ、咲子の部屋を後にした。これでもう二度と会うことはないんだろうな。そう思った。

みどりの運転する軽ワゴンは、岡山市郊外の国道二号線を東に走っていた。駅からおよそ三十分。ようやく懐かしい市営住宅の平屋が見えてきた。家の玄関先に、車を停める。

光枝はすっかり足が弱ってしまっていて、何かにすがらないと歩けない状態だった。みどりは手慣れた様子でハッチバックからシルバーカーを取り出し、それを開いた後部ドアの脇に置いてやる。光枝はゆっくりと、慎重な動きで出てきた。その動きも、顔つきも、四年前とは比べものにならないほど耄碌《もうろく》している。やっとこさで生きている、そんな感じだ。みどりが玄関の鍵を開け、光枝に手を貸して中へ入る。後に続いて入ろうとすると、

「待って！」

と止められた。みどりは靴箱の上にあらかじめ用意していた塩を、兄に向かって大量に振りかけた。

「そねえ忌々しげにかけんでもええじゃろう」

「忌々しいわ」

吐き棄てるようにそう言って、みどりは光枝の靴を脱がせてやり、中へ上がるのに手を貸した。もう一人では、家の出入りもできないのか。

「誠、早よあがりや」

靴を脱いで、中に入る。家内は暑苦しかったが、懐かしい、年寄り臭い匂いがした。廊下を隔てて

左側にトイレ、風呂、ダイニング。右側に六畳間が二部屋並んでいる。かつて自分が暮らしていた手前の六畳間の前で、長坂誠は二人に声をかけた。

「これ、親父の遺骨、どけえ置きゃあええんじゃ？」

「靴箱の上でええじゃろ」

光枝が答えた。

「そんなわけにいかんじゃろう」

「ええんじゃ、ええんじゃ。早よ来え《け》。茄子あるで」

「おい、みどり。おめえの部屋に置いてええか」

「お断りじゃ」

「何じゃその言い草は！」

長坂誠は一声吠えた。

「仮にもおめえの父親じゃろうが！」

「怒るな、誠。怒るな」

光枝が執りなした。シルバーカーにすがったまま、悲しそうな顔をする。

「そんなに言うんなら、あたしの部屋に置いとき。早よこっち来て、茄子食べようや」

長坂誠は憤然として廊下を進み、光枝の部屋に入った。四年前とは、様子が変わっている。ベッドが介護用のものになっていて、部屋のあちこちに掴まるためのバーが取り付けてある。西側の窓の下に見覚えのない小机が据えてあって、雑多なものが散乱している。それらを端に寄せて、何とかスペースを確保する。父の遺骨をそこへ置き、ようやく一息つく。汗ばんだシャツとズボンを脱ぎ、Tシャツと短パンに着替える。その最中に、不意に気づいたことがある。

「しまった」

遺影がない。遺影をもらってくるのを忘れた。慌ててダイニングへ行くと、二人はもうテーブルについていた。

「遺影がない。おふくろ、親父の写真持っとるか？」

「そんなもん、ありゃせんが」

「みどりは？　持ってねえんか？」

「ありゃせんが」

「何でだ！　何で写真の一枚も持ってねえんじゃ！」

「自分はどうなのよ」

ぐうの音も出なかった。この日のために、長男の自分が写真の一枚くらい持っておくべきだった。

長坂誠はがっくりと肩を落とし、ダイニングのテーブルについた。

「さあ、さあ、食べや」

テーブルの上には茄子の煮浸し、茄子のシギ焼き、麻婆茄子、茄子の味噌汁など、茄子づくしの料理が並んでいた。その一つひとつに箸をつけながら、

「これ、おふくろが作ったんか？」

「一人じゃもう無理。あたしが手伝わんと、もうよう作らんのよ」

「そうか。美味いな」

どの料理も、ちゃんとおふくろの味がする。

「お兄ちゃんは？　自炊しよるん？」

「しとるで。まあ、昼は社食で食うとるけどな」

ふと、真子と圭の顔が浮かぶ。バス停まで送ってきてくれた真子は、不安そうな顔で何度も「帰ってきてね」と言うのだった。とりあえず四千円渡してきたが、あいつら、ちゃんと食べてるかな。

「誠、お前、真面目に働きよんか？　また大酒飲んで、サボりよりゃせんか？」

「酒やこ飲んどりゃせんが。真面目に働いとるが」

「誠、岡山に帰ってくる気はねえんか？」

「そうじゃ。こっちで働きゃええのに。お母ちゃんも年食うてきたし。何で東京で働かにゃいけんの？」

「うーん……」

何も答えられなかった。岡山では、四十代半ばから五十代いっぱいの十五年間、製パン工場で働いた。あの何事も起きない、平々凡々とした日々。それは世紀末から新世紀にかけての悪夢のような生活に比べれば、天国みたいな暮らしではあったが、生きている実感というものがまるでなかった。死んでないだけだった。その実感を求めて、自分は東京へ出たのではなかったか。なのに実際にはどうだ？　バッターボックスには立ったものの、まだ一回もバットを振ってないではないか。コロナ禍のせいだ、年を取ったせいだ、と言い訳するのは簡単だが、そうじゃないことは自分でもよく分かっている。情熱。情熱が足りないのだ。

「誠、夜は茄子のカレー作るけえの」

光枝は嬉しそうにそう言った。この年老いたおふくろの方が、自分よりも熱い情熱を抱いているのではないか。

「ごちそうさま」

茄子料理をあらかた食べ終え、箸を置く。煙草に火をつけて、一服する。その火先を見つめながら、

「情熱か……」

長坂誠は心の中で呟いた。かつては自分にも、生きている実感を求めて情熱を燃やした時期があった。二十年以上前、大阪の風俗店に勤めていた一年半だ。あの時期、おれは確かに変わろうとしていた。必死だった。

死んだ親父の顔とともに、その頃のことが、脳裏に蘇ってくる。

12

「あの野郎の運も尽きたぜ」

電話の向こうで、心平さんが言った。

「接見に行った弁護士から聞いた話だから、間違いねえ。今はブタ箱の中よ」

「じゃあ、やっぱり成田で？」

「いや、京葉道路で。スピード違反で止められたらしいぜ。あいつのことだ、必死で逃げたんだろう。ところがそうはいかねえ。日本の警察は優秀だからな。すぐにお縄頂戴ってわけだ。ざまあないね。調べられたら、すぐにラブホの一件も明らかになってな」

「殺人ですか？」

「いや、それはとぼけてるらしいけど、まあ過失致死、死体遺棄、覚醒剤使用。前もあるからな。長くて十年、短くても五年は塀の向こうだろう」

「やった！」

長坂誠は拳を握りしめて快哉を叫んだ。

「ところでお前、今どこにいるんだ？」

「大阪です。親父のところを頼って。今さっき高速バスで大阪に着いたところです」

「ふうん。一歩前進だな。それでお前……」

電話が切れた。硬貨が尽きたのだ。受話器を置いて、電話ボックスを後にする。

二〇〇〇年の十二月二十七日だった。

使えないカードでぱんぱんに膨れ上がった財布を調べると、現金は二千七円を残すばかりだった。ボストンバッグとギターを抱えて、とぼとぼ歩き出す。まるで「渡り鳥」シリーズの小林旭みたいだ。日活映画なら、ここらで向こうから美女が現れて、一目惚れしてくれるところなのだが。現実はそう甘くはない。

まだ午前中だったが、師走とあって、大阪の街は何だかざわざわしていた。ましてや二十世紀もあと数日を残すばかりなのだ。人々はみんな、どこか焦っているような足取りで行き交っている。

長坂誠は四十分ほど歩いて、父仁義に指定されたファミレスに入った。腹が減っていたので、フリードリンク付きのハンバーグセットを注文する。仁義はなかなか現れなかった。ハンバーグを食べ終え、フリードリンクを十回もお代わりする。トイレにも二回行った。

二時間も待って、ようやく仁義がやってきた。作業服にベンチコートを羽織った出で立ちだ。前に会ったのは七年、いや八年前になろうか。

「よう、久しぶりじゃのう」

仁義は真向かいに座って、同じものを注文した。そして煙草に火をつけて、

「で、どねえしたんなら?」

と紫煙を燻《くゆ》らせながら訊いてきた。

「一本、いい？」

長坂誠はもらい煙草をして、それを燻らせながら、ここ十年ほどの経緯を正直に話し始めた。初美との離婚。仕事も住処も失って、酒とドラッグにハマっていたこと。友達のところを転々と居候して回っていたこと。その間、パチンコで何とか食いつないできたこと。犬俣のこと。そして今回の事件。洗いざらい打ち明けると、何だかほっとした。仁義は運ばれてきたハンバーグを食いながら、それを黙って聞いていたが、一旦話が途切れると、

「おめえ、標準語がでえれえ上手えのう！　アナウンサーみたいじゃが！」

そう言って、快活に笑った。今年六十七歳になるはずだが、その笑い声は若かった。昔と変わらないな、この人は。事態が深刻であればあるほど、仁義は笑う。そうやって人生の荒波を乗り越えてきたのだ。そこには何か見習うべきものがある。

「よっしゃ、分かった」

仁義は立ち上がった。ベンチコートを羽織りながら、

「ついて来《け》え」

そう言って、さっさと歩き出した。伝票はテーブルの上に残したままだ。長坂誠は大慌てで荷物を抱え、後を追ったが、仁義は後も見ずに店を出ていってしまった。伝票を見ると、千六百円。そりゃあないぜ、親父！　歯噛みしながら最後の千円札二枚を出して、四百円の釣りを受け取る。よほど怖い顔つきをしていたと見えて、

「おおきに」

と応じたレジの女の娘の顔が、ひどく強張っていた。大急ぎで店を出たが、仁義の姿は見当たらない。

「おおい、こっちじゃ！」

道の反対側から、声がかかる。見ると、そこには古いルーチェが停まっていて、傍らで仁義が手を振っていた。片側二車線の車の流れを見極めて、小走りで道を横断する。後部座席にボストンバッグとギターを放り込み、助手席に乗り込む。エンジンをかけると、いきなり大音量でクラシック音楽が響いた。ブラームスだ。こんなの聴いてるのか。

大阪、ルーチェ、ブラームス。しかし実際に走り出してみると、この組み合わせは悪くなかった。何だかマフィアの大物が、自分のシマを流しているような気分だ。

「このルーチェ、いいね」

お世辞のつもりではなくそう言うと、仁義に笑った。

「その標準語、やめてくれえや。こそばいがな」

「音楽もええなァ。ブラームスじゃろ？」

「お、分かるんか」

仁義は嬉しそうに言って、また笑った。

「どけえ向こうとるんじゃ？」

「天王寺じゃ」

道が混雑してきた。事故でもあったのだろうか、信号が青になっても、なかなか進まない。

「天王寺に何があるん？」

「ウチの社宅いうか、アパートがある。先月まで杉野いう若え奴が住んどったんじゃけど、そいつ飛びよってな。今は空いとるけえ、おめえそけえ住みゃあええ」

「ほんまに？　なら、親父んとこで雇ってくれるんか？」

「そりゃあ、おえん。ウチとこは土建屋いうても、左官が中心じゃ。おめえやこコテも使えんじゃろ。そげな素人、雇うわけにゃあいかん」

「そうか……」

長坂誠はうなだれて、溜息をついた。

「仕事やこ、その気になりゃあなんぼでもあるじゃろう。西成に行って、立ちん坊でもすりゃあええが」

車はようやく渋滞を抜けた。二人とも、それきり何も喋らなかった。車内にブラームスの音楽が流れる。車窓の風景が、段々と繁華街のそれへと変わっていく。

「おっと、ここじゃ」

仁義は急ブレーキを踏んで、車を停めた。すぐ傍らにコンビニがある。

「こっからは歩きじゃ」

そう言って車を降り、さっさと先に歩き出す。長坂誠は後部座席の荷物を手に、大慌てで後を追う。

コンビニ脇の狭い路地を、仁義は早足で歩いてゆく。路地の左右には、昭和そのままの店が軒を連ねている。ラーメン屋、床屋、金物屋、食堂、居酒屋。商店街を抜けると、その先は住宅街だ。

「あっこじゃ」

仁義が指差す先には、銭湯の煙突が見えた。煙突の腹には〈松の湯〉と書いてある。近づいていくと、銭湯の隣に木造二階建ての古いアパートが建っていた。〈松野荘〉と表札が掲げてあるところを見ると、隣の銭湯が大家なのだろう。共同玄関で靴を脱ぐ時、便所の臭いがぷんとした。仁義に続いて、階段を上がる。

二階の薄暗い廊下には、左右に四つずつ扉が並んでいた。仁義は奥から二番目の扉の前に立って、ポケットから鍵を取り出した。ザ・鍵という感じの、真鍮《しんちゅう》の鍵だ。

「さ、ここじゃ」

そう言って、真鍮の鍵を手渡してくれた。中を覗くと、西側に窓が一つあるだけの四畳半だ。中央に炬燵が据えてあり、その周囲には物が散乱している。ついさっきまで誰かがいたような生々しさだ。

「隣の銭湯が大家じゃ。家賃三万。今月分は払うといちゃるけえ、来月からおめえ自分で払えや」

「分かった……」

「ほな、わしゃ行くで。駐禁取られたらかなわんけえ」

踵を返して行こうとするのを、慌てて呼び止める。

「ちょっと待った！　待って！」

「何じゃ？　礼ならいらんで」

「そうじゃなくて！　金だよ、金！　金貸してくれ！」

「何じゃいおめえ、それが人に金借りる態度か！」

「……ごめん。お金貸してください」

長坂誠は頭を深く下げた。仁義はどこか勝ち誇ったかのような顔をして、

「それでええ」

と言って、尻ポケットから長財布を取り出した。ちょっと考えてから、一万円札を三枚、渡してくれた。

「そんだけありゃ、年は越せるじゃろ。ほんならの。気張って生きや」

仁義はそう言い残して歩き出した。ベンチコートの後ろ姿が、階段の下へ消えていく。それを見送った後、長坂誠は部屋の中に入った。

炬燵の真上に、裸電球が一つぶら下がっている。スイッチをひねると、明かりが灯った。電気は通じているらしい。室内には火の気がなく、実に寒々しい。辺りに散乱しているものを足で蹴って端へ寄せ、スペースを確保する。炬燵に足を突っ込み、スイッチを入れる。他人の臭いがする。

改めて室内を見回す。何人もの人間が、入れ替わり立ち替わり、この部屋に住んだのだろう。おきざりにされた品々には、統一感というものがまったくない。だからすこぶる居心地が悪い。

南側の壁際に小さなブラウン管のテレビと、ビデオデッキが置いてある。炬燵板の上にリモコンが二つ。その一つを手に取って電源ボタンを押すと、テレビがついた。大阪のローカル局の番組をやっている。年末の特番だからだろうか、これが結構面白い。テレビの脇には目覚まし時計が三つも置いてあって、それぞれが一時、五時半、十一時と勝手な時刻を指している。よく見ると、全部止まって

いる。使えない携帯電話を取り出して確かめると、正確な時刻は午後二時十分だった。充電が切れかけていたので、ボストンバッグから充電器を取り出し、手近にあった延長コードのタップにプラグを挿し込む。そしてごろりと横になって、腕枕して天井を見つめる。大小様々な染みが散見される。

「一歩前進だな」

電話で心平さんが言ってくれた言葉が蘇ってくる。これが本当に一歩前進なのだろうか？　まあ、後退でないことだけは確かだが、横へ半歩ずれただけじゃないのか？　そんなことを考えているうちに、うつらうつらしてくる……。

ほんの束の間まどろんだだけなのに、目覚めてみると、やけに体の節々が痛かった。猛烈な尿意に促されて、長坂誠はのそのそ起き上がった。部屋を出て、階段脇のトイレに行く。やけに腹が減っている。部屋に戻り、また炬燵に足を突っ込むと、つけっ放しだったテレビのアナウンサーが、こんなことを言っていた。

「二十世紀も残すところ三日と八時間と相成りました」

え？　三日？　四日の間違いだろう？　混乱して、携帯電話を確かめると、二十八日の午後四時だった。大阪に着いたのは、二十七日のはずだったのに。

「ええ！」

何と二十六時間も眠り続けていたらしい。こんなことってあるのか？　こんなの初めてだ。丸一日、大切な時間を誰かに盗まれたような気分だ。おまけにここは、見知らぬ他人の部屋だし。全然納得がいかない。何だこれは？　タイムスリップというやつか？

ズボンのポケットをまさぐると、親父にもらった三万円はある。傍らのギターケースを開けてみると、確かにギターもそこにある。窓の外は、暮れ始めている。地球以外のまったく別の星に来てしまったのではないか？　しかしテレビのアナウンサーは確かに人間だし、日本語を話している。混乱したまま立ち上がり、ジャンパーを羽織って部屋を後にする。おそるおそる階段を下り、共同玄関に自分の靴があるのを見つけると、少しほっとした。表へ出ると、冷たい風に混じって、隣の銭湯から風呂の香りが漂ってくる。「ゆ」の暖簾をくぐって出てきたおじいさんは、確かに地球の人間だ。近づいて「今日は何日ですか？」と尋ねたい衝動に駆られたが、何とかそれを押し留める。

風呂に入りたいな、とも思ったが、それよりも先に飯だ。まず飯を食って、この街を流してみよう。風呂はその後でいいだろう。そう自分に言い聞かせて、歩き出す。住宅街を抜け、商店街の路地に入る。つい今さっき親父の後について、ここを歩いたような気がする。あれから丸一日が経過しているなんて、どうしても信じられない。最初に目についたラーメン屋に入ってみる。

「いらサーい」

中国訛りの挨拶で迎えられる。壁に貼ってあるメニューの短冊を見て、麻婆豆腐とラーメン、五目チャーハンを注文する。中途半端な時間だからか、他に客の姿はない。カウンター席の端っこに、新聞が置いてある。読売新聞の朝刊だ。日付を見ると、確かに十二月二十八日(木)とある。やはり本当に丸一日、爆睡してしまったらしい。それと分かると、ますます腹が減ってきた。

「はいヨー」

目の前に並んだ料理に、犬のようにむしゃぶりつく。あっという間に平らげて、ようやく人心地つく。勘定を訊くと、千四百円だった。一万円札と四百円出して、釣りの九千円をもらう。残金は二万九千七円。大事に遣わなくては。

「おおきニー！　よいお年ヲー」

表は暮れなずんでいた。振り返ると、遠くに松の湯の煙突が見える。あれを目印に帰ればいいわけだな。左右に並ぶ店をきょろきょろ見定めながら、商店街を歩く。やがて昨日親父がルーチェを停めた大通りに出た。角はコンビニだ。人は、迷った時、左に曲がる傾向があるという。それに従ったというわけではないが、左に曲がる。この時、もし右に曲がっていたら、長坂誠の運命は大きく変わっていただろう。
冷たい風が吹いていた。
行き交う人はもちろんだが、不思議なことに車までもが大阪弁で走っているように思える。しばらく歩くと、一際カン高い電子音と金属音が響いてくる。でかいパチンコ屋だ。打ちたい、という誘惑に駆られたが、それを無理やり押し殺す。パチンコ屋の前を通り過ぎると、今度は風俗店の呼び込みの声が聞こえてくる。革のコートを着た若い奴が、必死で声を張り上げている。

「スケベ如何でっか！　スケベスケベスケベ！　年内最後のスケベ如何でっか！」

エルビスみたいなモミアゲを生やした、二十代の客引きだ。目が合うと、ニヤッと笑って駆け寄ってくる。

「兄さん、兄さん、セニョール！　スケベどうでっか！　チチ揉み放題、ペロペロし放題でっせえ！」

見ると、傍らのビルにど派手な看板が掲げてある。

〈情熱の風俗　エロ・スペイン〉

店名の部分はピンク色のネオン管で、ビカビカ輝いている。店は地下にあるらしく、入口の階段脇には、女の娘の写真とともに従業員募集の貼り紙があった。

〈従業員募集！　月収三十万以上(日払い可)　ギタリスト大歓迎！〉

女の娘の写真を見定めているものと勘違いしたのだろう、客引きの若い奴は必死で食い下がってきた。

「兄さん、兄さん！　若い娘、ようけいてまっせ！　フラメンコ踊りまっせ！」

「フラメンコ？」

「エロいフラメンコでんがな！　見て、揉んで、舐めて、たったのサンキュッパ！」

言いながら腕を摑んできたので、慌ててそれを振り払う。そしてずんずん歩き出す。

「兄さん！　セニョール！」

客引きの声が、背後に遠ざかってゆく。なあにがセニョールだ。笑わせるんじゃねえよ。苦笑を漏らしながら、近所をうろつき回る。しかしその間、脳裏に浮かんできたのは、あの夜、心平さんが口にした言葉だった。

「スペインはいいぜ。スペイン行きなよ」

片道切符でいいじゃねえか。行けば何とかなるものさ。心平さんはそう言ってくれたのだった。同時に、親父が別れ際に口にした、

「気張って生きや」

という言葉も蘇ってくる。これも何かの縁かもしれないな。長坂誠は踵を返した。今来た道を戻り始める。やがて先ほどの若い客引きの姿が見えてくる。こっちの姿に目を留めると、嬉しそうに駆け寄ってくる。

「兄さん！　セニョール！　やっぱ戻ってきてくれはった！　いい娘つけまっせ」

「いや、そうじゃないんだ」

「おッ、標準語。旅のお方でっか？」

「客じゃねえんだよ。あの従業員募集の貼り紙」

入口の階段脇の貼り紙を指差すと、客引きの若い奴は舌打ちを漏らした。

「何や、客とちゃうんかい」

「あれ、まだ生きてるかい？」

「生きてまっせ。人手が足らんと、往生しとりまんのや」

「どこへ行けばいい？　店か？」

「いやいや、事務所でんがな。こっちゃ、こっち」

若い奴は手招きして、店の入ったビル一階の奥へと案内してくれた。一番手前の扉を開け、

「店長！　従業員、来よったで！」

と中に声をかける。店長と呼ばれた男は、帳簿らしきものをつけていたのだが、顔を上げ、こちらを見た。スモークレンズのサングラスをかけ、ちょび髭を生やした五十代の男だ。頭が異様にでかい。

その上、ものすごい毛量の髪をリーゼントにしているものだから、逆さにした鏡餅のようだ。

「何や？　働きたいんか？」

店長は椅子を引き、机の上に足を乗せて訊いてきた。

「ええ、まあ。ちょっとお話だけでも」

「何や標準語やないかい。あんた、どこのもんや？」

「東京から来ました」

「ウチで働きたいんやったら、その標準語やめてや。客が逃げてまうがな」

「あ、すんません」

「で、ヤサは？　宿無しか？」

「ヤサはあのう、松の湯の隣の……」

「ああ、松野荘か。知っとる知っとる。あっこやったら、近うてええやん」

店長は無遠慮にこちらの顔を覗き込んでくる。それにしてもでかい頭だ。

「ウチはな、スペインをテーマにしたセクキャバや。働く以上はホール係も客引きも洗いモンも、全部やってもらうで。キツいでえ」

「あのう、ギタリスト大歓迎いうのんは、何でっか？」

即興の大阪弁で尋ねてみると、店長は急に身を乗り出してきた。

「あんた、ギター弾けるんか？」

「まあ、少しなら」

「そりゃあ、ええわ！　ウチな、五十分に一回、女の娘がフラメンコ踊るんや。今はラジカセで音楽流しとるんやけど、なーんかこう、感じ出んのや」

「いや、弾けるいうても、フラメンコのギターは、弾いたことないでっせ」

「かめへんかめへん。ギターはな、店にあるんや。何となーくフラメンコ風にジャカジャカ弾いてくれたら、それでＯＫやがな。よっしゃ、採用！」

デカ頭の店長はそう言って、ぽんと一つ手を叩いた。長坂誠は呆気に取られ、言葉も出なかった。

「勤務時間は三時から十二時。給料は月払いやったら一日一万円。日払いやったら一日七千円や」

「あのう、わい、まだ名前も言うてませんけど」

「あそうか。ほな、この紙に書いてや。名前と年と住所と携帯の番号」

「携帯、止まってるんやけど」

「そら難儀やなァ。ナンボや？」

「六千円くらい……」

「よっしゃ。ほな、今からすぐ働きや。六千円出しちゃる」

「今から、でっか？」

呆れ顔の長坂誠をよそに、店長はそのでかい頭からは想像もできないほどの素早い動きで部屋の隅へ行き、細長いロッカーから白いシャツと蝶ネクタイ、黒いズボンとサッシュベルトを選んで戻ってきた。そして氏名年齢などを書き込んだ紙を覗き込み、

「住所は松野荘だけでええで。長坂誠……あかんなあ。真面目すぎるわ」

そう言って、ちょっと考え込んだ。こちらの顔をじろじろ見つめ、よっしゃと一つ手を叩く。

「カルロス！　カルロスにせえや。カルロス東京！」

店長は豪快に笑った。笑うと、そのでかい頭に乗っかったリーゼントがゆっさゆっさと揺れる。思わず、声を合わせて笑ってしまう。店長は携帯電話を取り出し、

「エルビス！　ちょっと来てや」

と早口で言った。すぐに先ほどの若い客引きが戻ってくる。

「何でっか？」

「おお、エルビス。こいつな、ギター弾けるんやて。雇うことにしたで。名前はカルロス東京。今からすぐ働くさかいに、案内したってや」

「ホンマでっか？」

エルビスは不審げな目で、長坂誠を見た。おそるべし大阪！　まさに怒濤のがぶり寄りで、気づいたら土俵を割っていた形だが、こうなったらもう後へは退けない。

「よろしゅうおたの申します」

長坂誠は苦笑いを浮かべながら、頭を下げた。

〈エロ・スペイン〉は地下駐車場を改築した風俗店だ。

席数は十八。二人掛けのソファとテーブルのボックス席が、同じ方を向いて並んでいる。視線の先には、一段高くなった六畳ほどのステージがあり、ここで五十分に一回、三、四人の女の娘たちがフ

ラメンコを踊る。衣装はスケスケのロングドレスで、下は全裸だ。手を打ち鳴らし、時々ロングドレスの裾をめくり上げながら、

「オーレ！　オレ！」

とか何とか叫ぶのだが、その踊りはど素人丸出しだ。ところがこれが客には大ウケなのだ。中にはこのエロいフラメンコを見るためだけに通ってくる客もいるくらいだ。女の娘たちにしても、嫌な客の相手をするよりは、踊っている方がずっと楽なので、みんなこの「オーレ・タイム」を心待ちにしているのだった。

セニョリータと呼ばれる女の娘の在籍数は一応二十数名。ただし名前だけの娘もいるし、数日で飛んでしまう娘もいるので、本当の在籍人数は分からない。長くても半年、短くて一日で女の娘は飛んでいってしまう。正直、顔を覚える暇もないのが実情だ。

これら女の娘たちを束ねるのが、カルメン牧野という五十代のやり手婆あだ。この店の実質的なオーナーは三軒隣のパチンコ屋の社長で、カルメンはその妾だという話だった。店のテーマをスペインに定めたのも、このカルメンのフラメンコ好きが嵩じてのことであるらしい。

男の従業員は、雇われ店長のアントニオ山田、エルビス小林、謎の老人ホセ尼崎、そしてカルロス東京こと長坂誠。この四人でホールのウエイター、洗い物、客引き、掃除と何から何までこなさなければならない。客がわんさと押し寄せて、手が足らない時は、三軒隣のパチンコ屋に応援を要請する。中には頼んでもいないのに「オーレ・タイム」を狙って、駆けつける奴もいた。

いつの間にか世間は二十一世紀になっていた。

当初、長坂誠は「オーレ・タイム」が怖かった。質流れ品のギターはひどい代物だったし、弦もぼろぼろで、まともな音が出なかった。それで慣れないフラメンコを弾けというのだから、無茶な話だ。しかし何度もステージを重ねるうちに、誰もギターなんか聞いていないことに気づくと、長坂誠は開き直った。下手でも何でもいいから、思いっきり弾いてやる。心にそう決めると、急に気が楽になった。

なかなか慣れることができなかったのは、やはり客引きだった。特に開店直後、一人で路上に立って、道ゆく人に大阪弁で声をかけるのは、恥ずかしくて堪らないものがあった。

「スケベスケベスケベ。スケベ如何でっか。おっぱい揉み放題でっせ」

羞恥心が邪魔をして、どうしても大声が出ないのだ。見かねたエルビスが、コツを教えてくれた。

「ええか、ここ歩いとる奴はな、みーんな猿や。猿やと思うて声かけなあかん。特に狙い目はな、そこのパチンコ屋で勝った猿や。顔見りゃ分かる。勝った猿に声かけて、檻の中にぶち込んだるんや」

なるほど理にかなっている。ここは天王寺じゃない、猿の惑星だ。そう思い込めばこそ、客引きもずいぶん気楽なものになる。

働き始めて二ヶ月。長坂誠は生まれて初めて、髪を金髪に染めた。そしてギターの弦も新しいものに張り替えた。カルロス東京の出来上がりだ。別人になったつもりで、この不真面目な仕事をごく真面目に勤めるのだった。

中でも熱心だったのは、ギターだ。毎晩毎晩、閉店した後の午前一時から朝六時まで、ステージの上でギターを弾いた。お手本にしたのは、パコ・デ・ルシアだ。パコの演奏は、曲芸のようだった。それに比べれば、自分の腕はラジオ体操第一に過ぎない。そうと分かっていながらも、カルロス東京は練習を止めなかった。爪が割れ、血マメが潰れ、すべての指先が角質化した。一歩とは言わない。一センチでも一ミリでもいいから、前へ進みたい。そんな思いだった。

あっという間に季節は巡り、夏が過ぎた。アメリカで同時多発テロが勃発した日の深夜も、カルロス東京こと長坂誠はギターを弾いていた。

「大したもんやで、カルロス」

やがて店長のアントニオ山田も、そう言って褒めるようになった。

「無遅刻、無欠勤。その上にこれや。あんたみたいな奴、見たことないわ」

この時期、セニョリータの一人に手をつけたエルビスはどこかへ飛んで、代わりにパチンコ屋の若い奴が入っていた。明日にでも飛びそうな、危なっかしい奴だった。それだけに、店長のカルロスに対する信頼は絶大なものだった。

長坂誠は店の仕事も深夜のギターの練習も、一日も休まなかった。パチンコもしないし、酒も飲まない。おかげで給料の大半は、貯金することができた。一年が過ぎた頃、口座には百五十万を超える金が貯まった。この金で本当のスペインへ行ってやろうかとも思ったが、いや、まだまだだと自制した。スペインは逃げやしない。あと一年、腕を磨いてから乗り込めばいいじゃないか。そう自分に言い聞かせて、スペインの代わりに梅田の大きな楽器店へ行った。そこで本格的なフラメンコギターを購入したのだ。百二十万もする高級品だったが、惜しいとは思わなかった。

新しいそのギターは、実にいい音を奏でた。音色に、哀愁を帯びた香りが漂う。自分の腕が急に上がったような気がして、長坂誠はますます練習に励むようになった。毎日が充実していて、楽しかった。

そして二〇〇二年の六月五日。二日後に四十四歳の誕生日を控えた長坂誠は、深夜、いつものように人気《ひとけ》のないステージで、ギターを弾いていた。

午前三時を回った頃だったろうか、ギターの弦がいきなり切れた。嫌な予感がした。

「しゃあないな」

弦の替えは、一階の休憩室にある。ハードケースの中にギターをそっと横たわらせ、奥の階段に向かう。頭の中には、目下練習中の曲のフレーズが響いていた。階段を上り、エレベーター脇の休憩室の扉を開ける。

「あ!」

三人がけのソファに、店の女の娘が座っていた。パエリヤという源氏名の若い娘だ。彼女はスプーンに入った液体を百円ライターの炎で炙《あぶ》っているところだった。テーブルの上には、白い結晶の入ったパケと注射器が転がっている。シャブだ。一目で分かった。

「何しとんや!」

長坂誠は怒鳴りつけた。

「なーんも」

パエリヤはとぼけて、スプーンをテーブルの上に静かに置いた。

「何もやあらへんがな！　シャブやろ！」

「知らん知らん。何言うとるのん」

「クスリはご法度《はっと》や言われとるやろ！」

「知らんて！」

その目は血走って、ギラギラ輝いている。既に相当キマっている様子だ。初美のことが、脳裏をよぎった。

「このどアホ！」

咄嗟に注射器とパケを取り上げて、踵を返す。表に出て、車道に放り棄ててやろうと思ったのだ。

「ちょ、ちょっと待って！　待て言うとるんじゃ！」

パエリヤは叫んで、後を追ってくる。それを無視して廊下を進み、表に出る。

と、ちょうどそこへ自転車に乗った警察官が通りがかった。ぎょっとして、足を止める。

「どろぼう！　どろぼうや！」

背後から、パエリヤの声が迫ってくる。警察官とパエリヤに挟まれた格好で、長坂誠はその場に立ち尽くした。警察官は自転車を停め、

「どないしたんや？」

と訊いてきた。その姿を目にしたパエリヤは、急に口を噤《つぐ》んだ。長坂誠は注射器とパケを後ろ手に隠した。

「どろぼうて、穏やかやないなァ。何盗られたんや？」

「冗談や。冗談言うただけや」

パエリヤは強張った顔で答えた。

「冗談には聞こえんかったけどなァ。どないしたんや？」

長坂誠はパエリヤの目を見つめ、「逃げろ！」と無言で訴えた。

「お前、何隠しとるんや？　出してみ」

「何も持っとらへんよ」

言いながら注射器とパケを足元に落とし、靴で踏みつける。

「あ！　何さらしとんじゃ、コラァ！」

警察官が屈むのと同時に、パエリヤは駆け出した。パチンコ屋の方向へ、全速力で逃げていく。

「待てコラァ！」

警察官は叫んだが、後を追うことはできない。パエリヤはすぐ先の路地を右へ曲がり、姿を消した。

警察官は大慌てで肩の無線機を手にし、大声を上げた。

「応援要請！　不審者発見！　おそらく薬物所持！　場所は天王寺大通りの風俗店〈エロ・スペイン〉の前！」

長坂誠は注射器とパケを踏みつけたまま、動かなかった。頭の中は、真っ白だった。人通りはなく、車だけが車道を猛スピードで行き交う。

「コラァ！　足どけんかい！　観念せえ！」

警察官は力ずくで足を退けさせた。割れて粉々になった注射器とパケが現れる。

「何やこれ！　ええ！　何やこれは！」

そこへサイレンの音が響いて、パトカーが到着した。降りてきた二人の警察官が駆け寄り、長坂誠を取り囲む。

「何やこれ！　訊いとるんや！」

「……」

長坂誠は黙秘した。やがてもう一台パトカーが到着し、その中に押し込まれた。車内で薬物検査が行われたが、その間も一言も喋らなかった。時刻を告げられ、手錠がかけられ、天王寺署に搬送される。あっという間の出来事だった。尿を採取され、取り調べが行われたが、とにかく黙秘を貫いた。

二〇〇二年六月七日。長坂誠は四十四歳の誕生日を留置所の中で迎えた。

13

母光枝は、足が悪いのに、岡山駅まで見送ると言って聞かなかった。

八月九日。今日も暑い日だ。

車が走り出してしばらくすると、運転席のみどりが尋ねてくる。

「四十九日て、いつなん?」

助手席の長坂誠は指折り数えてみて、

「ええと……九月の十八日かな」

「その日じゃねえと、おえんのん?」

「一応、まあそうじゃろう」

「あたしは行かんで。納骨やこ、辛気《しんき》くせえ」

「ええよええよ。わし一人で行くけえ」

長坂家の墓は、津山の光明寺という日蓮宗の寺の敷地内にある。最後に訪れたのは、祖母が死んだ時だから、十五年ほど前になろうか。その時はみどりも一緒だった。

「誠、誠、ほな九月にまた帰ってくるんか?」

後部座席の光枝が口を挟んでくる。

「ああ、帰ってくるで。帰ってくる。それよか問題なのは金じゃ。みどり、おばあちゃんの骨な、納骨した時、おめえ幾ら払うた？」

「さあ、幾らじゃったかなァ」

「五万か？　十万か？」

「覚えとらんなあ。そんなん、幾らでもええが」

「そういうわけにゃいかんじゃろうが」

スマホを取り出して、グーグルで検索してみる。瞬時に答えがずらりと出てくる。〈日蓮宗の場合。納骨のお布施は五万から十万〉とある。

「五万かあ……みどり、おめえ半分出してくれんか」

「嫌じゃ。一銭も出したらん」

「その言い方はねえじゃろうが」

「嫌じゃ！　お断りじゃ！」

「喧嘩すな！」

鋭い口調で光枝が言った。

「あたしが出しちゃるけえ、喧嘩すなや」

兄妹二人は黙り込んだ。険悪な空気が車内に漂う。みどりと話をすると、いつもこんな風になってしまう。みどりはどんな時も全面的に母光枝の肩を持つ一方、誠は二十三年前に大阪で父仁義に世話になったことを忘れていない。そこが噛み合わないのだ。

やがて車は岡山駅の東口に着いた。一時前だった。

「ほんならの」

助手席のドアを開け、車から降りようとするのを光枝が呼び止めた。

「誠、誠、これ、持っていき」

二つに折った茶封筒を差し出してくる。

「いらんよ。大丈夫じゃ」

「ええから、これ、持っていき」

光枝はその茶封筒を誠のシャツの胸ポケットにねじ込んだ。

「お母ちゃんたら」

「ええんじゃ、ええんじゃ。誠、元気でな。九月にきっと帰って来《き》いや」

「分かった。ありがとな」

ドアを閉めると、車はすぐに走り出した。後部座席の窓ガラス越しに、光枝は小さく懸命に手を振っている。その姿が、どんどん遠ざかってゆく。見えなくなるまで見送ってから、胸ポケットの茶封筒を取り出す。中には二万三千円と、五百円玉が二枚、入っていた。よく見ると、茶封筒の表には、鉛筆の震える文字でこう書いてあった。

〈がんばれ誠〉

目頭が熱くなった。涙がこぼれないように、上を向く。岡山の青空が、長坂誠を見下ろしていた。

14

東京から大阪、大阪から岡山、そして岡山から東京。たった二日間で、この二十数年の道程を繰り返したわけだ。違うのは、ギターの代わりに親父の遺骨を運んだことくらいかな。いや、それだけじゃない。

上りの新幹線の車内で、長坂誠は考えていた。

今の自分には、東京で待っている人がいる。真子と圭の顔が浮かぶ。待っている人がいるということは、こんなにも気持に張り合いの出るものなのだな。何しろ今日は、あの子たちの誕生日だ。喜ばせてやりたい。改めてそう思う。

東京駅で中央線に乗り換え、武蔵小金井駅に降り立つ。五時半だった。岡山とはまったく違う種類の険悪な暑さだ。

駅ビル内の洋菓子屋に立ち寄り、イチゴのショートケーキを三つ買う。誕生日だと言ったら、カラフルな小さい蠟燭を五本つけてくれた。その足で今度は北口にあるドン・キホーテへ向かう。ゲーム機のコーナーを探すと、すぐに〈あつ森セット〉が見つかった。税込五万三千九百円。おふくろにもらった茶封筒の金が頭をよぎったが、いや、これは遣えないと自分に言い聞かせる。クレジットカードを使おう。

「あのう、分割で。リボ払いでお願いします」

レジの若い男の店員は、変な顔をした。ドン・キホーテでリボ払いする客なんて、あまりいないのだろう。

「何回ですか?」

「ええと、五回、いや十回で」

店員は怒ったような顔でリボ払いの手続きを済ませ、品物を無造作に黄色いレジ袋に入れた。

「あのう、誕生日なんで。何かこう、ありませんか」

「シールしかありませんよ」

突き放すようにそう言って、小さなリボンを模《かたど》ったシールを黄色いレジ袋にぺたりと貼った。横柄な態度だ。腹が立ったが、こんなところで喧嘩しても始まらない。黙ってレジ袋を受け取り、北口のバス停に向かう。真子と圭の大喜びする顔が、目に浮かぶ。

さくら荘に帰り着いたのは、六時を回った頃だった。

外階段を上り、扉を開けて、

「ただいまー!」

と明るい声を出す。六畳間の奥で、墨を擦っていた圭が、顔を上げる。真子の姿はない。

「あれ? 真子は?」

「出ていった。ギター持って」

「ギター？　ギターあるじゃないか」

ハードケースを開けてみると、中は空だった。ソフトビニール製の担げるタイプのケースがあったのを思い出す。

「ソフビのやつか。あれカビてたろ？」

「きれいにしてた」

「ギター担いで、あいつどこ行ったんだ？」

「トー横」

「トー横？　新宿の？」

圭は頷いた。

「自転車で行った」

「ええ！　自転車で？　どうして？」

「おじちゃんのお金、遣えないって」

そう言って圭は四千円を小机の上に出して見せた。

「トー横に行って、お金稼いでくるって」

「馬鹿な！　そんな甘いもんじゃないんだ！」

思わず怒鳴りつけてしまう。圭は肩先をびくっと震わせ、表情を強張らせた。

「何時頃出ていったんだ？」

「四時頃」

おそらく青梅街道を東へ走っていったのだろう。自転車だと、二時間くらいか？　分からない。分からないけど、こうしちゃいられない。ト－横で路上ライブなんて、無謀にもほどがある。すぐさま後を追わなければ。

「おれ、行ってくる！　圭、それケーキだから、冷蔵庫に入れておいてくれ」

長坂誠はリュックを担いで、部屋を飛び出した。外階段を下りながら見ると、確かに自転車が見当たらない。この暑さの中、ギターを担いで汗まみれになって自転車を漕ぐ真子の姿が目に浮かぶ。金なんて！　金なんてどうでもいいのに！　「保留。保留ね」と言って、プレゼントを買うのを躊躇った自分が呪わしく思えてくる。おれが悪い。おれのせいだ。

ちょうど来たバスに乗り込んで、武蔵小金井駅まで約十分。走って改札を抜け、ホームに駆け上がる。上りの中央線を三鷹で特快に乗り換える。無事でいてくれ。無事でいてくれ。あるいは途中で諦めて、引き返してくれ。

新宿駅に着いたのは、七時過ぎだった。改札を出て、東口の階段を駆け上がると、外はもう陽が暮れていた。長坂誠は走った。走るのは久しぶりだ。すぐに息が切れる。靖国通りを渡り、歌舞伎町の中へ。ＴＯＨＯシネマズの屋上のゴジラの顔がこっちを見ている。突き当たって左へ、そしてすぐに右へ。ようやくト－横の広場が見えてくる。昔はこの場所に、池と噴水があったはずだ。広場には、無数の若者たちが群れている。

どこだ？　どこだ真子？　どこにいる？　人混みの中に、真子の姿を探す。

いた！

右の手前、球体にVをあしらったオブジェの前に、真子は突っ立っていた。ソフトビニールのケースを路上に置いて、ギターを構えてはいるものの、緊張のあまりガチガチに硬くなって、身動きもできない様子だ。この暑いのに顔色は真っ青で、口許があわあわしている。

「歌え！　歌え！」

「歌えよ！」

近くにいた若者の一団が、手拍子で囃し立てている。真子はのけ反って、気絶寸前だ。長坂誠は人混みに分け入り、真子に駆け寄った。

「待たせたな、真子」

そう言って、ギターを受け取る。

「おじちゃん！」

「深呼吸だ。深呼吸しろ」

二人を取り囲む若者たちの方へ向き直り、ギターをジャカジャカかき鳴らす。

「ハローー！　エブリバディ！　愛し合ってるかーい！」

忌野清志郎を真似て、そう叫ぶ。

「はーい、下がって下がって。〈マコとマコト〉が歌うよ！」

若者たちは一歩、二歩と後ずさる。二人の前に、半円形のスペースができる。みんなざわざわしている。

「真子、歌えるか？」

真子は小さく頷いた。真っ青だった頬に、赤味がさしている。

「よおし、肚《はら》を決めろ。ゴジラが振り向くくらい、でっかい声で歌え！」

真子は今度は大きく頷いた。目に力が宿っている。

「エブリバディ！　聴いてくれ！「おきざりにした悲しみは」だ！　いくぜ！」

派手にギターをかき鳴らし、前奏を弾く。一瞬にして、辺りのざわつきが消え去った。真子はのっけから叩きつけるように歌い始めた。

生きてゆくのは
ああ　みっともないさ
あいつが死んだときも
おいらは飲んだくれてた

そうさ　おいらも
罪人のひとりさ
ああ　又あの悲しみを
おきざりにしたまま

若者たちは、びっくりした様子だった。真子の声が美しすぎるのはもちろんのことだが、おそらく初めて聴く曲だったからだろう。まさに想定外の歌だったのだ。考えてみれば、ここトー横にいる連中はみんな、おきざりにされた若者たちだ。あるいは何かしらの悲しみを、どこかにおきざりにしてきた奴ばかりだ。そうだ。これはお前たちの歌だ。お前たちのための歌なんだ。

おきざりにした
あの悲しみは
葬るところどこにもないさ
ああ　おきざりにした
あの生きざまは
夜の寝床に抱いてゆくさ

ああ　おきざりにした
あの生きざまは
夜の寝床に抱いてゆくさ

真子は見事に歌い切った。素晴らしい歌だった。一拍おいて、周囲の若者たちは、

「おおお！」

とどよめいた。拍手の嵐。何人もの若者が、小銭や千円札をソフトビニールのケースの中に投げ入

れた。

「アンコール！　アンコール！」

「アンコール！」

手拍子が起きた。やった！　やったぞ真子！　真子は照れ笑いを浮かべながら、長坂誠を見た。と、そこへ警備の腕章を巻いた区の職員数名が、割って入ってきた。

「はーい！　解散、解散！」

「通行妨害！　通行妨害ですよー！」

「ここは新宿区の敷地ですよお！　不法占拠になりますよこれは！」

区の職員たちは口々に叫んだ。無粋もいいところだ。すぐさま周囲の若者たちが反応する。

「アンコール！　アンコール！」

「帰れ！　帰れ！　帰れ！」

「歌え！　歌え！」

区の職員たちはまごついて、言葉を失った。と、そこへ一五万円、ぽんと投げ入れる者があった。その顔を見て、長坂誠は声を上げた。

「あ！」

それは歌舞伎町の顔役、鳥取山昇だった。会うのは世紀末のあの夜以来だから、二十三年ぶりか。頭は大分禿げ上がっているが、全身から放つ威圧感は変わっていない。

「よう、長坂氏。久しぶり」

鳥取山はにやりと笑い、区の職員たちに向かって凄みを効かせた。

「歌わせてやれよ」

「いや、そういうわけには……」

若い男の職員がそう言いかけると、

「てめえ、おれを知らねえのか！　ぶっ殺すぞ！」

鳥取山はいきなり吠えた。区の職員たちはびびって、後ずさった。

「お嬢ちゃん、いーい声だねえ。長坂氏のギターも最高。もう一曲、聴かせてくれよ」

「アンコール！　アンコール！」

再び手拍子が始まった。それに合わせて長坂誠はギターをかき鳴らし、何を歌うか考えた。派手なやつがいいな。

「サンキュー！　サンキュー！　ありがとうエブリバディ！　では、アンコールにお応えしまして歌うのは、ブランキー・ジェット・シティ……」

ちらりと真子を見て、「歌えるか？」と目で尋ねる。真子は力強く頷いた。

「……「ガソリンの揺れかた」だ。いくぜ！」

この曲は、ギターソロの前奏のフレーズとそれに続くリフがやたらとかっこいい。爪弾き始めると、聴衆はしいんとなって聴き入った。簡単ではないこのフレーズを難なく弾きこなすと、真子は拳を固め、マイクを握った振りで歌い始めた。

ガソリンの香りがしてる
その中に落ちていた人形が
マッチ売りの少女に見える
淋しさだとか　優しさだとか　温もりだとか言うけれど
そんな言葉に興味はないぜ　ただ鉄の塊にまたがって
揺らしてるだけ　自分の命　揺らしてるだけ

あの細く美しいワイヤーは
始めから無かったよ
きっと神様のイタズラ
切なさだとか　はかなさだとか　運命だとか言うけれど
そんな言葉に興味はないぜ　ただ鉄の塊にまたがって
揺らしてるだけ　自分の命　揺らしてるだけ

淋しさだとか　優しさだとか　温もりだとか言うけれど
切なさだとか　はかなさだとか　運命だとか言うけれど
そんな言葉に興味はないぜ　ただ鉄の塊にまたがって
揺らしてるだけ　自分の命　揺らしてるだけ

真子は絶唱した。特に最後のフレーズ「揺らしてるだけ」の「だけ」を「だけえええええ！」と長く長く引き伸ばして歌い切った。圧巻だった。区の職員たちも呆気にとられて聴き入り、最後には周囲の若者たちと一緒になって、拍手喝采した。すごい騒ぎだった。

「やったな、真子！　すごいぞ」

真子は照れ臭そうに笑い、お辞儀をした。周囲からまた拍手が湧き上がる。アンコールを求める声も、多数あった。しかしもう潮時だ。これ以上歌う必要はない。そう判断して、長坂誠は店じまいを始めた。ソフトビニールのケースの中には五万四千円近くの投げ銭が集まっていた。拍手とアンコールの声が止まない中、鳥取山が言った。

「長坂氏、鮨でも行かねえか？」

「いいですねえ」

ギターを担いで、歩き出そうとした矢先、真子が「あ！」と声を上げた。

「自転車！　自転車がない！」

背後のゲームセンターの前に停めていたのだろう。自転車の姿が見当たらなかった。

「いいよいいよ」

長坂誠は鷹揚に答えた。

「な、盗むと、がっかりする人がいるだろ？　それが分かったんだから、もういいんだよ」

「だって……」

「おおい、長坂氏、行かねえのか」

「あ、今行きます。真子、鮨食いにいくぞ」

真子の手を引いて、鳥取山の後に続く。夏休みとあって、歌舞伎町は大変な人混みだ。風林会館の手前の路地を左へ。昔はなかったラブホテルの向かいに、古い雑居ビルが建っている。その一階の鮨屋の暖簾をくぐる。

「よう大将、二階、空いてるかい？」

「へい、どうぞ」

「いつものやつ。あと、握り四人前ね」

小上がりで靴を脱いで、階段を上がる。二階には六畳ほどの座敷があった。和机を挟んで座ると、鳥取山は言った。

「久しぶりだなあ。十年ぶりか？」

「いえ、二十三年ぶりですよ」

「へえ、そんなになるか。お互い、年取るわけだな」

そこへ早速、仲居が酒を運んできた。五合瓶の剣菱と、グラス三つだ。

「あ、そうか。お嬢ちゃんは酒ダメか。ジュースがいい？　烏龍茶がいい？」

「あのう、おれも酒止めたんですよ」

「嘘！　飲まねえの？　マジで？」

「マジなんですよ。真子、烏龍茶でいいな？　じゃあ、烏龍茶二つお願いします」

「何だよ、つまんねえな」

不服そうに言いながら、鳥取山は胸ポケットから見たこともない洋モクを取り出した。

「煙草も止めたのか」

「いや、煙草は吸います。じゃあ一本いただきます」

火をつけてもらって、煙を吸い込む。葉巻に近い香りと味がする。鳥取山は自分の煙草にも火をつけ、昔通りに思いっきり吸い込んだ。チュウウゥーと音がして、火先がみるみる短くなっていく。変わらねえな、この人は。真子は長坂誠の隣に座って、不思議そうな顔で二人のやりとりを眺めている。

そこへ烏龍茶が運ばれてきて、ようやく乾杯の段となった。続いて鮨も運ばれてくる。真子は物も言わずにむしゃぶりついた。鳥取山は剣菱のグラスを立て続けに三杯、一気に呷って、ようやく人心地ついた様子だ。

「長坂氏、よく生きてたねえ」

「まあ、何とかかんとか生きてきましたよ」

「あの後、どうしてたの？」

「んー、まあ色々です。大阪行って、岡山行って、五年前また東京に出てきました」

「今、何してんの？　相変わらず住所不定無職か？」

「真面目に働いてますよ。小平のアパートに一人住まいで」

「小平！　田舎だねえ」

その間、真子は二人前の鮨をぺろりと平らげていた。圭の顔が浮かぶ。あいつも腹、空かしてるんだろうな。

「あのう、おみや頼んでもいいですかね？」

「おう、いいぜ。おおい！」

鳥取山は手を打って、仲居を呼んだ。

「おみや包んでおいてくれ。二人前な。お嬢ちゃん、もっと食うか」

真子は小さく頷いた。

「じゃ、あとここにも二人前ね。酒ももう一本」

長坂誠は鮨をつまみながら、鳥取山の飲みっぷりに改めて驚いていた。室内はエアコンが効いていて、ちょうどいい心持だ。歌舞伎町の喧騒も、この部屋には届いてこない。

「犬俣の野郎は、どうしました？　あの後、捕まったって話は聞いたんですけど」

「ああ犬の野郎な。捕まった捕まった。実刑で七年くらったたって話だ」

「今は？　どうしてるんでしょうね？」

「さあなあ。噂じゃ、八王子あたりに引っ込んで、また悪いことしてるみたいだぜ」

懲りない野郎だ。あのにやけ顔と、イッ、イッ、イッという笑い方を思い出すと、胸が悪くなる。

そこへ二人前の鮨と、五合瓶の剣菱が運ばれてくる。

「心平さんは、どうしてます？」

「ああ、心平さんな。懐かしい名前だねえ。生きてるのかなあ」

「日本にいるんですかね？」

「どうだかなあ。十年くらい前だったかな、スペインに移住したって話を聞いたけど、実際はどうだかなあ。刑務所に入ってるか、どこかで野垂れ死んだか、まあ謎だな」

確かに心平さんは、謎の人だった。でも性根は腐ってはいない。スペイン行きを強く勧めてくれたことを思い出す。あの時、素直に心平さんの言うことに従っていたら、今頃どうなっていただろうか。

「ところでよう、長坂氏。このお嬢ちゃんとは、どういう関係なんだい？　あんたの娘？」

「いや、違うんですよ」

長坂誠は手短に経緯を説明した。話してみると、真子たちと出会ってから、まだ十日も経っていない。そのことに自分でも改めて驚いてしまう。真子は追加した二人前の鮨も平らげて、きょとんとした顔で二人を眺めている。

「なあんだ。じゃあ、ただの隣人ってわけだ。お嬢ちゃん、名前なんてえの？」

「生方真子」

「マコちゃんか。マコちゃん、歌上手いねえ。声が藤圭子そっくりだ。藤圭子、歌える？」

真子は、長坂誠の方を見た。歌いたい、と目で訴えかけてくる。

「……『夢は夜ひらく』なら歌えますよ」

「おお、いいねえ。歌ってくれ。頼むよ」

長坂誠はギターを取り出し、チューニングした。いい音だ。真子の方を向いて、

「小さい声でいいからな。呟くように、軽く歌えばいい」

「分かった」

前奏を爪弾き始める。アドリブの前奏だ。ちょうどいいところで、真子は静かに歌い始めた。

赤く咲くのは　けしの花
白く咲くのは　百合の花
どう咲きゃいいのさ　この私
夢は夜ひらく

十五、十六、十七と
私の人生暗かった
過去はどんなに暗くとも
夢は夜ひらく

昨日マー坊　今日トミー
明日はジョージかケン坊か
恋ははかなく過ぎて行き
夢は夜ひらく

夜咲くネオンは　嘘の花

夜飛ぶ蝶々も　嘘の花
嘘を肴に　酒をくみゃ
夢は夜ひらく

前を見るよな　柄じゃない
うしろ向くよな　柄じゃない
よそ見してたら　泣きを見た
夢は夜ひらく

一から十まで　馬鹿でした
馬鹿にゃ未練はないけれど
忘れられない　奴ばかり
夢は夜ひらく
夢は夜ひらく

何という美しい歌声だろう。まさに絹のような艶としなやかさ。ギターの伴奏を弾きながら、長坂誠は惚れ惚れと聴き入ってしまった。

「いい！　いいねえ！」

鳥取山は激しく拍手した。勘違いした仲居が一旦階段を上がってきて、すぐにまた下りてゆく。

「天才！　天才だよマコちゃん！」

鳥取山は、なかなか拍手を止めなかった。かなり酔っている様子だ。時計を見ると、九時だった。

腹を空かせた圭の顔が浮かぶ。

「あのう、おれたちそろそろ……」

「ええ！　何だよ。まだ宵の口じゃねえか。もう一曲、もう一曲いいだろ」

「いや、もう一人、男の子が待ってるもんで」

「なんだよう、興ざめだな」

「すいません。今日はこれで」

「ちぇ、しょうがねえな」

鳥取山は不承不承立ち上がった。

「じゃあマコちゃん、先に出よう。長坂氏、ここのお勘定頼むぜ」

「ええ！　ちょ、ちょっと待って……」

止めるのも聞かずに、真子とともに階段を下りていってしまう。慌ててギターを抱え、後を追って階段を下りると、一階の勘定場で仲居が待ち構えていた。無言のまま、おみやの折と小さな紙切れを手渡してくる。紙には〈五万二千円〉と書いてあった。

「あちゃあ」

ついさっきトー横で稼いだばかりの金で渋々支払う。マッチポンプとは、まさにこのことだな。ふて腐れた気分で、店を後にする。

と、目の前の路上で、鳥取山と真子が揉めている。左手で真子の右手を握って、激しく引っ張っているのだ。一瞬、何が起きているのか、分からなかった。

「痛い！　痛い！」

「いいから、いいから！」

「痛い！　放して！」

「カラオケだよ。カラオケ！」

向かいにあるラブホテルに連れ込もうとしているらしい。長坂誠は駆け寄りながら、

「ちょっと！　止めてくださいよ！　何してるんですか！」

「何って、カラオケだよ。ここの部屋、カラオケがあるんだよ」

「痛い！　痛い！」

「止めろ！　その手を放せ！」

「何だよお前、先帰れよ」

鳥取山は突き放すようにそう言って、声を低めて続けた。

「最近おれ、若い娘じゃねえと、ダメなんだよ」

邪悪な顔つきだった。さっきまでの鳥取山とは、まったく別人の顔だ。長坂誠はかっと頭に血がのぼった。

「手を放せって言ってるんだよ！」

殴りかかる。が、さっと身をかわされて、つんのめる。路上に膝をついてしまう。

「てめえ！　おれに逆らうのか！」

「痛い！　放せ！」

「頼むよ、鳥取山さん。止めてくれ。あんたそんな人じゃなかったはずだろ」

長坂誠はギターとおみやの折を傍らに置いて、その場に正座した。そして額を地面に擦りつけ、土下座した。

「この通りだ。手を放してやってくれ」

周囲がざわざわし始めた。通行人が足を止めて、この騒ぎを見守っているのだろう。スマホを取り出して、撮影し始めた奴もいるみたいだ。シャッター音が、幾つか聞こえてきた。これには鳥取山も怯んだらしい。手を放された真子が、

「おじちゃん！」

と叫びながら駆け寄ってくる。しかし長坂誠は、頭を上げなかった。

「てめえ……恥をかかせやがって！」

言いながら、鳥取山はギターのネックの辺りを思い切り踏みつけた。メキッと折れる音がした。

「長坂！　てめえ二度と歌舞伎町にツラ出すんじゃねえぞ！　いいな！」

鳥取山の靴音が、遠ざかってゆく。それでも長坂誠は、土下座したまま頭を上げなかった。ショックのあまり、身動きができなかったのだ。

さくら荘に帰り着いたのは、十時を回った頃だった。

帰りの中央線の中で、真子は時々思い出したように泣くのだった。

「泣くなよ、真子」

「だって……」

「おれが泣かしてるみたいじゃないか。泣くな」

バス停からさくら荘までの道すがらも、真子は少し泣いた。それを宥《なだ》めながら、外階段を上る。背負ったソフトビニールケースの中で、ギターも泣いているように思えた。怖くて、まだ確かめていないが、再起不能だろう。しかし意気消沈していることを、真子や圭に悟られてはならない。長坂誠は胸を張って、わざと明るい声を出した。

「ただいまー！」

六畳間の奥の方で、圭はやっぱり墨を擦っていた。目が合うと、やや表情を曇らせる。勘のいい子だ。

「いやあ、お待たせ。腹減っただろ？　ほら、鮨買ってきてやったぞ」

おみやの折を小机の上に置く。圭はしかし、すぐには手を出そうとしない。

「何かあったの？」

「いやあ、ちょっとな。ちょっとした揉め事に巻き込まれかけたんだ。でも、ほら。二人とも無事だよ」

圭は真子の右手首に注目していた。鳥取山に握られた痕が、痣《あざ》になっている。真子は圭のそばに座ると、泣きながら事情を説明した。

「もう泣くなよ、真子。誕生日じゃないか。あ！　そうだ。ケーキ、ケーキ。ケーキがあるんだよ」

長坂誠は歌うようにそう言って、冷蔵庫からケーキの箱を取り出した。小皿を三枚とフォーク三本。イチゴのショートケーキを箱から出して、小皿に取り分ける。急に部屋の中が華やかになった。

「プレゼントもあるんだよ。じゃーん！」

傍らに置いてあったドン・キホーテの黄色い袋を掲げて見せる。二人はきょとんとした表情を呈した。

「開けてごらん」

真子に手渡してやる。ビニールテープの封を切ると、中から〈あつ森セット〉が現れた。

「あつ森！」

二人は同時に声を上げた。これ以上ないほど、耳に心地よい声だった。

「お誕生日、おめでとう！」

「そんな……もらえないよ。こんな高いもの」

「そんなこと言わないで、もらってくれよ。じゃなきゃ、おじちゃん泣いちゃうよ」

「いいの？　マジで？」

「言ったろ？　おれたちはチームなんだ。だから誰かがヘマをしたら、誰かがカバーしてやる。負けた悔しさも、勝った喜びも、チームみんなで分かち合うんだ。それがチームってもんだろう」

真子は泣き出した。今度のは、嬉し泣きだ。その隣で、圭は顔を輝かせている。

「ありがとう。おじちゃん、ありがとう」

「真子、幾つになった？」

「十四歳だよ」

「圭は？」

「十二」

「そうか。二人とも、おめでとう！　蠟燭、五本しかないから、二人に二本ずつね。おれは一本」

ショートケーキに蠟燭を挿して、火をつける。

「そうだ。写真撮ろう、写真」

長坂誠は思いついて、スマホを手にした。低めのアングルに構えて、シャッターを切る。

「はーい、カシャ。あ、真子ちゃん、パンツ見えてるよー。そうそう、直して。笑ってー。もう一枚。カシャ」

火のついた蠟燭を挿したイチゴのショートケーキを前に、二人は満面の笑みを浮かべた。子供らしい幸福に満ちた、最高の笑顔だ。

「ハッピーバースデー、トゥーユー」

泣きそうだったので、長坂誠は歌い出した。すぐに二人は手を叩きながら、それに和す。

「ハッピーバースデー、真子と圭。ハッピーバースデー、トゥーユー！」

三人のささやかな幸福に包まれた夜が更けてゆく。

15

さくら荘の大家、桜木浩一は憤《いきどお》っていた。

マッチングアプリで知り合った女性が、待ち合わせの喫茶店に現れなかったのだ。これでもう五人目だ。一番最初に知り合った田中麗子という三十代の女性は、待ち合わせのレストランに来ることは来たのだが、桜木の顔を見るなり、明らかにがっかりした表情を呈した。そして高いものをたらふく食った後、金を貸してくれと言い出した。二人目も三人目も、同様だった。四人目、そして今回の五人目は、待ち合わせの場所に来もしなかった。桜木はマッチングアプリ以前にも、三十回以上見合いをしている。一度などは、自分よりも十歳も年上の六十過ぎの高齢女性を紹介されたこともあった。それでもいい、と桜木は返事をしたのだが、向こうから断られた。

「どうして世の中の女はこう見る目がないんだ！」

桜木は憤慨したが、事実はその逆で、見る目があるからこそ、みんな断ってくるのだった。

八月八日の午下がりのことだ。

桜木は喫茶店を後にすると、国分寺駅前にある小さな不動産屋に立ち寄った。暑くて、禿げ上がった額から汗が滲み出ていた。

「おや、桜木さん。いらっしゃい」

社長の杉本老人が、資料から顔を上げて出迎えた。桜木は挨拶もせずにソファに座り、

「麦茶ちょうだい、麦茶。冷たいやつ」

「はいはい」

杉本老人は一旦奥に引っ込んで、麦茶のグラスを手に戻ってきた。桜木はそれを一気に飲み干して、

「ねえ、どうにかならないの！　内見、一人も来ないじゃないか！」

「今は、時期がねえ……」

「あんたの言う通りに家賃、五百円下げたのに、誰も内見に来ないじゃないか！」

「インターネットにも出してるんですけどねえ。とにかく今は時期が悪くてねえ」

「おまけにあの23号室の、何だっけ、生方！　あのおばさん、もう二ヶ月も家賃滞納してんだよ。今月も滞納されたら、三ヶ月だよ！　どうすんだよ！」

「そう言われましてもねえ……」

杉本老人は空のグラスを持って奥へ引っ込み、麦茶を注いで戻ってきた。桜木はそれをまた一気に飲み干し、

「売却の方は、どうなの？」

今度は少し落ち着いた声で訊いてきた。

「ネットで見たけど、問い合わせとか、ないの？」

「ないですねえ。やはり値段がちょっと」

「建物付きの四十坪で四千万！　安いじゃないか！」

「いや、その建物が問題なんですよ。築四十年でしょう。あれには値段がつきませんや。逆に壊して、更地にすれば売りやすいんですけどねえ。でも解体するにも四百万くらいかかりますからねえ」

「ネットで調べたら、小平市の土地価格、平均で坪百五万円だっていうじゃないか。だとしたら四十坪で……」

「四千二百万、ですね」

「だろう！　相場よりずうっと安いじゃないか。何で売れないんだよ！」

「いや、それは小平市全体の平均価格でね。あの辺は、上水南町三丁目でしょ。不便な場所ですからねえ。まあ、坪九十万がいいとこでしょう」

「九十万で四十坪だと……」

「三千六百万ですね。更地で」

「うーん」

「どうでしょう、建物付きで、三千五百万まで下げるというのは？」

「キツいなあ」

桜木は考え込んだ。同居している母親は、認知症が始まっていて、金のことなど相談できる状態ではない。ここは自分一人で決断するしかないのだが……。

「保留！　保留ね。このクソ暑い夏が終わってから、どうするか決めるよ。当分は今のまま、賃貸と売却の二刀流でいこう。頼むよ」

桜木はそう言って、席を立った。駅前の駐輪場に停めておいた自転車にまたがり、東に向かって走り出す。

暑い。午下がりの太陽の光が、桜木の禿げた脳天に突き刺さる。頭がくらくらする。

二十分ほど自転車を漕いで、ようやくさくら荘に辿り着く。汗びっしょりだ。自転車を停め、外階段を上ろうとした矢先、桜木は「おや？」と思って足を止めた。21号室の中から、女の娘の声が聞こえてくる。変だな、と思いながら外階段を上り始めると、声は止んだ。おかしいな？　首を傾げながら21号室の前を通り過ぎ、23号室へと向かう。扉を激しくノックして、

「生方さん！　生方さん！」

と声をかけたが、返事はない。鍵はかかっている。電気のメーターを確かめると、一ミリも動いていない。仕方なく踵を返し、今度は21号室の扉を叩く。

「長坂さん！　長坂さん！　いるの！」

やはり返事はない。外階段を下りて、階段脇に取り付けてある郵便ポストを確かめる。23号室のポストからは、電気ガス水道の停止通告書が出てきた。

「あの女、夜逃げしやがったかな」

裏へ回って、水道の元栓を確かめる。23号室の元栓は「閉」の位置でロックされていた。いまいましい思いで、自転車の所まで戻る。その途中、見上げると、21号室のエアコンの室外機が低い唸りを立てているのに気づく。しばらくその場に立っていると、また21号室の中からギターの音と、女の娘の声が聞こえてきた。

「おかしい……これはどういうことだ?」

桜木の頭の中で、妄想が膨らんだ。あれは、23号室の女の娘の声じゃないのか? 確か男の子もいたはずだ。母親はどうしたんだろう? 長坂誠の顔が浮かぶ。あの男、何か後ろ暗い過去があるような感じがしたな。犯罪者特有の影がある。怪しい。怪しいぞ。

桜木の妄想は歪な形に大きく膨らんでいった。

翌日八月九日、夕暮れ時に桜木はまたさくら荘に様子を見にいった。今度は、昨日あったはずの自転車がない。21号室の中から声は聞こえないけれど、エアコンの室外機は回っている。扉をノックしてみたところ、返事はなかったが、人の気配はする。

「怪しい……」

桜木は疑念を深めた。子供たちは、監禁されているんじゃないか? 母親は、殺されたんじゃないか? とんでもない妄想が、彼を支配し始めていた。

翌日八月十日午後。妄想で頭がぱんぱんに膨らんだ桜木は、小平警察署を訪れた。

「事件、かもしれません」

と受付窓口で告げると、生活安全課の相談室に通された。机と、パイプ椅子が四脚。他には何もない殺風景な小部屋だ。応対したのは、この四月に警部補になったばかりの玉川寿々子という女刑事だった。年齢は四十代半ば。小柄で小太りだが、柔道三段の腕前である。マスクをしていたが、その顔を見た途端に桜木は「あ、可愛いな」と思った。と同時に、どこかで見た顔のような気がした。それもそのはずで、二人は八年前に見合いをしたことがあった。

「どうしましたか？」

「あの、あの……」

「まず、こちらの用紙にお名前とご住所、お電話番号を記入してください」

「はい、はい」

桜木は手渡された用紙にボールペンを走らせた。その様子を玉川警部補は真正面からじっと観察している。

「あ、相談内容はこちらで書きますから、口頭でおっしゃってください」

玉川警部補は用紙をくるりと自分の方に向け、左手でボールペンを握った。

「で、どうしましたか？」

「あのう、私、上水南町のさくら荘っていうアパートの大家なんですけどね。そこの21号室の長坂って男が、どうも怪しいんです。変なんです」

「怪しいとは？」

「あのう、隣の隣、23号室に生方っていう母親と子供二人が住んでるんですけど、この母親がしばらく前から行方不明みたいなんです。で、私、一昨日様子を見にいったんですよ。そしたら23号室には鍵がかかっていて、誰もいない。その代わりに、21号室の中に人の気配がして、女の娘の声が聞こえてきたんです。昨日も行ってみたんですけど、やはり21号室には誰かいるようでした」

「女の娘の声というのは、どんな声ですか？」

「ママー、ママーって」

それは真子が練習していた「おきざりにした悲しみは」の歌詞の一部だった。〈おきざりにしたま〉の語尾を、何度も繰り返し歌っていたのだ。

「とにかく怪しいんです。子供が二人、拉致されて、監禁されているんじゃないかと、私思うんですよ。それで母親の方は、もしかしたら殺されてるんじゃないか、と」

「それは穏やかじゃありませんね」

玉川警部補は桜木の顔をじっと見据えながら、落ち着いた声で応えた。用紙の相談内容の欄に、今聞いた話を手短に記入する。この手のタレコミは、ガセが多い。相手に恨みや妬みがあって、訴えてくるのがほとんどなのだ。

「その男の名前と生年月日、分かりますか？　あとその母子の名前も」

「分かります分かります。これです」

桜木は持参した21号室と23号室の賃貸契約書を取り出して、差し出した。

「少々お待ちください」

玉川警部補はそれを受け取って、一旦相談室を後にした。自分のデスクの前に座って、パソコンを起動させる。

「えーと、長坂誠。一九五八年六月七日生まれ」

情報を入力して、検索をかける。と、即座に結果が表示された。二〇〇二年六月五日、大阪、天王寺署所轄内、覚醒剤所持で逮捕。懲役十ヶ月、執行猶予二年。

「こいつ、マエがある！」

玉川警部補は色めき立った。前科があるということは、もうそれだけで疑いの余地が生じるのだ。前科があれば、捜査令状もすぐに取れる。拉致、監禁の件はともかくとして、薬物所持の疑いで令状を取って、ガサ入れができる。

手柄に飢えていた玉川警部補は、鼻の穴を大きく膨らませた。ガサ入れするなら、明日の早朝だな。早い方がいい。人数は、六人かき集めればいけるだろう。警部には、まず現場を確認してから報告すればいい。などと頭の中で計算しながら、足早に相談室へ戻る。

「分かりました。今から一緒に、そのアパートへ行ってみましょう」

玉川警部補は早くも興奮し、頰を紅潮させて言った。

16

眩しい。

生方恵は顔を顰《しか》めた。眩し過ぎる。光が押し寄せてきて、目に突き刺さるようだ。そうっと薄眼を開けては、すぐに瞑る。何度もそれを繰り返しているうちに、段々光が柔らかくなってくる。小一時間ほどもかかって、ようやくまともに目を開けることができるようになった。

ここは、どこ？

見えるのは、白い天井だ。目玉を動かすと、左腕に点滴の針が刺さっている。チューブと点滴機。その向こうには、クリーム色のカーテンが見える。

病院？

声を出そうとしたが、口の中がからからに渇いている。舌がまるで石ころのように固まっている。何故こんなところにいるのか、思い出そうとすると頭が鈍く痛む。自分が誰なのかさえ、思い出せない。頭の中に、濃い霧のようなものが立ち籠めている。

考えるのは、もう止めよう。

八月十日、午後二時のことである。

やがて現れた若い看護師が、点滴が終わったのを確認して、チューブを外しながら、声をかけた。

「はーい、眠り姫、点滴終わりましたよー」

その刹那、目を開けている眠り姫と目が合って、思わずあっと声を上げてしまう。一大事だ。慌てて、院内連絡用の携帯電話で、担当の医師に連絡する。

「大変です！　724号室の眠り姫が、目を開けています。意識が戻ったみたいです！」

「本当か。すぐ行く！」

眠り姫は何度かまばたきをし、何か言いたげな顔をしている。すべてが、夢の中の出来事のように感じられる。現実感がまったくないのだ。

すぐに駆けつけた担当医師は、眠り姫の耳元に口を寄せて、尋ねてみた。

「聞こえますかー？　聞こえたら、まばたきをしてみてくださーい」

眠り姫はまばたきを三回した。医師も看護師も、おおっと声を上げた。ちょうど一ヶ月、昏睡状態にあった患者の意識が戻った。こんなケースは、二人とも初めてだった。医師は眠り姫の脈をとり、聴診器で心音を確かめてから言った。

「水だ、水。脱脂綿に水を含ませて、口内を湿らせて」

「はい、分かりました」

看護師はナースステーションに急ぎ、吸い呑みに入れた水と脱脂綿を手に、病室へ戻った。話を聞きつけた他の看護師たちが、眠り姫の元に続々と集まってきた。

「はーい。お口、開けられますかー？」

眠り姫は固く結んでいた口の力を抜き、だらんとした顔になった。医師が手を添えて口を開いてやり、看護師が水を含ませた脱脂綿をピンセットで摘んで、口の中を湿らせてやる。眠り姫の表情が、次第に和らいでくる。

「ベッド、少し起こして」

「はい。お背中、少し起こしますよー」

電動介護ベッドの背が、ゆっくりと傾き始める。眠り姫は自分の上半身が、重力から解放されたような気がした。同時に頭の中の血が、すうっと落ちていくのを感じた。脳内に立ち籠めていた濃い霧が、次第にうっすら晴れてくる。

改めて周りを見ると、何人もの看護師が自分を取り巻いている。やはりここは病院だ。看護師たちはみんな、歓んでいた。それは、出産に立ち会ったような、感動の体験だった。一ヶ月もの間、昏睡状態にあった患者が、蘇ったのだ。

「眠り姫の身元、まだ分からないの?」

「まだみたいよ。でも舌の奥の方の粘膜から、睡眠薬の成分が検出されたって」

「よっぽど大量に飲まされたのね。可哀想に」

「可哀想にねえ」

そんな会話が、看護師たちの間で交わされてもいたのだ。要するにみんな眠り姫に同情し、心配していたのだ。それだけに今回の奇跡の蘇生は、本当に喜ばしい出来事だったのだ。

「じゃあ、スプーンで水、ちょっとずつあげてみようか」

医師が言った。看護師が、準備する。スプーンに水を少しだけ入れて、眠り姫の口の中に静かに入れる。それを何度か繰り返すと、やがて口の中から喉を通って肚の中へ、水がすうっと落ちていくのが分かった。心地よい感覚だった。生きている。確かに生きている。

眠り姫は蘇った。だが、自分が誰であるのか、思い出すのにはまだ一日の時間を要するのだった。

17

八月十一日。世間は「山の日」で祭日だ。

早朝五時。さくら荘のそばの路地に、ワンボックスカーと二台のセダンが停まっている。

先頭のセダンには運転手の交通課の警官と玉川警部補、薬物関係専門のベテラン、野々村刑事。二台目のセダンには一課の若手藤崎刑事と、運転手の交通課の警官。ワンボックスカーには生活安全課の柚木《ゆのき》刑事。リーダーはもちろん玉川警部補だ。昨夜の捜査会議で、玉川警部補は大久保警部から、釘を刺されていた。

「玉川、手柄を焦るんじゃないぞ」

「はい」

「拉致、監禁が本当だとしたら、大事件だ。しかし裏取りの捜査が薄いな。これ、もし親切で子供を預かっているだけなら、誤認逮捕もいいところだ。そこのところ、よく見極めて捜査しろよ」

「はい。分かっております」

薬物専門の野々村が口を挟む。

「これね、二十一年前の覚醒剤所持だけど、使用がついてないでしょう？　これ気になるんだよねえ」

「どこが、ですか？」

「つまり使用はしてないけど、所持していた。誰かをかばっている可能性が高い」

「そんなの、もう判決は出てるんだから。所持だけだって、犯罪は犯罪でしょう」

「まあ、そうなんだけどさ。二十一年前の覚醒剤所持だけで、捜査令状取るっていうのも、ちょっと強引だぜ」

「そうでしょうか。ガサ入れすれば、拉致、監禁の疑いも目視できますし。一石二鳥じゃないですか」

「まあねえ」

「いいか、玉川。慎重に、だ」

大久保警部はそう言って、玉川警部補を諫《いさ》めた。何だか心配だった。

長坂誠は煎餅布団に寝転がったまま、今見た夢の行方を追っていた。今日と明日は珍しく連休である。焦って起きる必要はない。夢というのは不思議な内容で、友人の城正邦彦と二人で温泉に入ろうとする夢だった。ふと見ると、洗い場に誰かが背を向けて座っている。誰だろうと思って近づくと、それは前の天皇、つまり今の上皇なのである。ぽつーん、ぽつーんと天井から水滴が落ちてくる音がする。上皇は明らかに、背中を流してもらおうと待っている。

「お前、お背中お流ししろ」

「嫌だよ。お前、やれよ」

二人で揉めている間も、上皇はじっとして動かない。背中を流されるのを、ただ待っている。そんな夢だった。どうしてこんな夢を見たのか？　長坂誠は不思議でならなかった。

五時半。動きがあった。

玉川警部補が、サイドミラーにちらちらと映る影を発見したのだ。大家の桜木だった。大方、逮捕の瞬間をスマホで撮ろうという肚だろう。

「あのオヤジ……」

舌打ちを漏らしたが、今更もうどうしようもない。玉川警部補は時計を確かめ、無線機を手に取った。

「捜索を開始します」

玉川警部補はベテランの野々村刑事と連れ立って、さくら荘に向かった。夜が明けたばかりだが、もう十分に暑い。付近のゴミを漁るカラスが、しきりに鳴いている。柚木、藤崎と後に続いて、外階段を上がる。緊張の瞬間だ。玉川警部補は、扉を鋭くノックした。

「長坂さん！　長坂さん！」

こんな時間に誰だ？　長坂誠は起き上がった。真子と圭は、奥の六畳間で、まだ眠っている。

「長坂さん！　長坂さん！」

「はいはい、今開けますよ」

扉を開けると、そこには小太りのおばさんが立っていた。顔面を強張らせ、ひどく緊張している様子だ。

「警察です！　これ、捜査令状です」

玉川警部補は鼻の穴を膨らませて言った。警察？　長坂誠はまごついた。玉川警部補はその捜査令状を掲げて、中へぐいぐい入ってくる。すぐ背後に控えた野々村刑事の顔も見える。彼は、長坂誠の顔を見るなり、

「あ、こりゃあシロだ」

と直覚した。もう何千人と薬物犯罪者の顔を見てきているのだ。第一印象で、大体のことは分かる。

「違法薬物所持の疑いで、家宅捜索します。それともう一つ。未成年者略取、誘拐の疑いで捜査します」

玉川警部補は大声でそう告げてから、急に今気づいたような口調で言った。

「マル被二名発見！　保護します！」

玉川警部補は靴を脱いで、ずかずか中に上がり込んできた。子供たちは二人とも、何事かと上体を起こしていた。玉川警部補はまったく口調を変えて、

「さあ、ボク。こっちにいらっしゃい」

言いながら、左手で圭の右手首を摑んだ。ものすごい力だった。

「ぎゃーっ！」

圭が獣のような叫び声を上げる。

「あ、だめ！」

長坂誠は、止めに入ろうとした。その矢先、右膝がかくっとなって、前につんのめる。すがりつい

た先が悪かった。「危ね！」と思った次の瞬間、玉川警部補の両胸を鷲掴みにしてしまったのだ。

「きゃあー！」

玉川警部補は女らしい叫び声を上げ、長坂誠の手を振り払った。

「公務執行妨害！　公務執行妨害！　及び暴行！　暴行の現行犯！　逮捕！　五時四十分、逮捕！」

玉川警部補は狂ったように叫びまくり、取り出した手錠で長坂誠を拘束した。あっという間だった。

しかしベテランの野々村刑事は、「まずいな、こりゃ」と思った。何もあれくらいで公務執行妨害はないだろう。暴力？　よろめいただけじゃないか。こりゃあ、後始末が大変だぞ。

「あのねえ、刑事さん」

長坂誠は手錠をかけられた手で頭を掻きながら言った。

「その男の子は、自閉症なんだよ。体に触られることを何よりも嫌がるんだ。触らないでやってくれ」

「いいから、ボク。こっちいらっしゃい」

「触るなって言ってんだよ！」

真子が脇から声をぶつける。

「落ち着け、真子。圭も落ち着け。いいか、二人とも、今からこの人たちについていって、お母さんを探してもらうんだ。だから大人しくついていくんだ」

「嫌だよ。おじちゃんは？」

「おれはここにいて、調べを受けなくちゃならない。でも大丈夫。何にも悪いことしてないから、すぐに解放されるよ」

「マジで？」

「マジだ。大丈夫だから。嘘はつかなくていい。本当のことだけ喋るんだよ」

真子は不承不承頷いて、圭とともに、玉川警部補のそばに寄った。

「マル被二名、保護！」

玉川警部補が偉そうに叫ぶ。

「あ、ちょっと待って」

長坂誠は手錠をかけられた手で、手近にあった紙袋に圭の書道セットと〈あつ森セット〉を入れて、真子に渡してやった。玉川警部補がそれを遮る。

「ああ、だめだめ！　子供のおもちゃの中に薬物を隠すのは常套手段なんだから！　ね、野々村さん」

「まあなあ」

「それがこの子たちの持ってる全財産なんだ。持っていかせてやってくれよ。今、調べりゃいいだろ」

「いや、その必要はない。持っていっていい」

「いいんですか、野々村さん？」

「いいんだ。連れていけ」

「はい。じゃあ、後頼みます」

玉川警部補と柚木刑事は、真子と圭を連れて、ワンボックスカーに向かった。

「あ、出てきました！　出てきました。被害者の少女と少年が出てきました！」

大家の桜木が、スマホを構えて、実況中継している。ずいぶん興奮した様子だ。

「お嬢ちゃん、大丈夫？　ボク、可哀想にねえ。あ、今警察の車に乗り込みます！」

大人げなく、はしゃいでいる。四人の乗ったワンボックスカーは、柚木の運転で走り去った。行き先は、小平市内にある養護施設だ。

「さて、どうするかな」

野々村刑事は藤崎刑事に目配せした。長坂誠は台所に突っ立っている。

「藤崎、冷蔵庫とトイレのタンクの中、一応調べてくれ」

「了解しました」

「煙草、吸ってもいいですか？」

「本当はだめなんですけど……じゃあ一本だけ。私、あっち向いてますから」

長坂誠は煙草を咥え、火をつけた。両手に手錠がかけられているので、一苦労だ。その様子を眺めながら、野々村は率直に尋ねた。

「あんた、何も持ってないでしょう？」

「持ってませんよ。どこでも探してください。あと、尿検査もやってください」

やはりな。野々村刑事は腑に落ちた。こりゃあ、完全にシロだな。子供たちは奥の六畳に寝かせて、自分は台所に寝てたわけだろう。さっきの様子から見ても、拉致監禁や虐待もあり得ないな。玉川の奴、慌てて公務執行妨害なんて言って、手錠までかけちまいやがって。どうすんだ、これ。

「今日じゅうに帰れますかね？」

長坂誠は端的にそう訊いた。野々村刑事は苦笑いを浮かべながら、

「今日はどうかなあ。尿検査、結果が出るまで丸一日かかるからねえ。今日はどっちにしろ一泊してもらわないとならんでしょうな」

「じゃあ、明日には帰れるかい？　おれ、今日明日休みなんだけど、明後日は仕事なんだよ」

「冷蔵庫とトイレのタンク、捜索しました」

「じゃあ、その机周りと押入れ。あと写真も撮っておいて」

「了解です」

「なあ、探しても何も出てこないよ。時間の無駄だと思うけどなあ」

「一応ね。これが仕事なんで」

「座ってもいいかな？」

「ええ、どうぞどうぞ」

長坂誠は煙草を吸い終え、パイプ椅子に腰を下ろした。ようやく人心地ついて、事態が飲み込めてくる。何だ何だ、これは？　薬物所持の疑いはまだ分かるけれど、未成年者略取誘拐だって？　どこからそんな与太が出てきたんだ？

「あんた、大阪の件な、どうして所持だけなんだ？」

「もう二十年以上も前の話ですからねえ。どうだったのか忘れちゃいましたよ」

「そうか。話したくないか」

藤崎刑事は写真を撮りながら机周りをあらかた捜索し、最後に壁に立てかけてあるギターのハードケースを検《あらた》め、ソフトビニールケースのジッパーを開けた。今まで怖くて確かめなかったのだが、ギターのネックが荒々しく折れていた。

「これ、どうしたんだ?」

藤崎刑事に訊かれて、失意の長坂誠は口籠った。

「それはそのう、ちょっとした事故があってね。入り組んだ話だから、後でゆっくり話しますよ」

「そうか」

藤崎刑事は気のない返事をし、今度は押入れに取り掛かろうとした。開ける前に、襖に書かれた圭の見事な書を目にして、手を止める。

「すごい達筆だな。これ、あんたが書いたの?」

こんなど素人が見ても「すごい」と感じるのだから、やはり圭の才能は本物だ。

「おれじゃないよ。さっきの男の子だよ」

「へえ、これが子供の字かよ」

藤崎刑事は感嘆し、襖を開けた。中を検め始める。押入れの中は、ひどい有様だ。ごちゃごちゃの内部を掻き分けて小さなパケを探すなんて、無謀なことのように思える。ご苦労なこった。長坂誠はひとりごちた。

「もういい。もういいぞ」

野々村刑事が声をかけた。どこで止めるか、タイミングを見計らっていたらしい。

「では、署までご同行願います。あ、スマホは、これ一台？　じゃあこれ、お預かりしますね」

二人の刑事に前後を挟まれて、部屋を後にする。外階段を下りると、少し離れた場所に大家の桜木がいて、スマホを構えている。

「あ！　今、犯人が出てきました！　刑事に連れられて、犯人が出てきました！」

桜木は面白がって、実況中継している。こいつか、タレ込んだのは。

「手錠がかけられております！　逮捕された模様です！　今、警察の車に乗り込みます！　凶悪です！　犯人は実に凶悪な顔でこちらを睨んでおります！」

二台のセダンは同時に走り去った。

桜木は撮影を止めると、その場で編集し始めた。動画を五分ほどに編集し、「#犯人逮捕の決定的瞬間！」とキャプションをつける。

「これでよし、と」

桜木はその動画を早速ユーチューブに投稿した。もちろんモザイクはなしだ。犯人長坂誠の顔はこの瞬間、世界中に拡散した。

18

中国、広東省、深圳市《しんせんし》。ここには中国最大の通信機器メーカー、ファーウェイの本社がある。従業員は四万人を超えるという。

二〇一八年、隣の東莞市《とうかんし》にキャンパスと呼ばれる巨大な研究施設がオープンした。東京ドーム二十五個分の広大な敷地の中には、ドイツのハイデルベルク城を模した建物などが建ち並び、従業員たちはそこを電気自動車や電動バイク、無人運転のトラムなどで移動する。日本にあるハウステンボスを巨大にした施設とでも言えば適当だろうか。

このキャンパスの端には、松山湖という湖がある。建物群からは離れていて、森に囲まれた小さな湖である。

湖面に一艘の小舟が浮かんでいる。麦藁帽子を被り、呉服を着た老人が一人、釣糸を垂れている。八月の熱い日差しが、麦藁帽子を直撃している。

老人の名は、王中毅《おうちゅうき》。八十歳。もともと風水師の家系に生まれついた王中毅は、幼い頃から神童と呼ばれ、風水だけではなく、易や骨相、手相や姓名判断など、ありとあらゆる占い事に通じている。中国国内の政府要人や企業家ばかりではなく、海外の顧客も数多い。その予言や助言は常に的確で、過去には毛沢東の享年も、天安門事件の勃発も、ぴたりと当てた。最近では、ロシアによるウクライナ侵攻も予言していて、イーロン・マスクに口をきいて、衛星通信網をウクライナに貸与するよう勧めたのも、実はこの王中毅だった。

「暑いな」

王中毅はひとりごちた。地球沸騰化か。これはもう止められないな。人間が自分たちの都合ばかりを優先した結果がこれだ。地球には地球の都合というものがある。それは、どう足掻いても逆らえないものだ。王中毅は、自分の享年が八十九歳であることを知っている。あと九年、地球は持ちこたえるだろうが、その後のことは分からない。

と、目の前で大きな鯉が高く跳ねた。銀色の腹を一瞬輝かせたかと思うと、波紋を残して水中に消えた。

「おや、吉兆だ」

何だろう？ と考えているところへ、上空の高いところから監視していたドローンが一機、下降してきた。王中毅は投資家としても大成功し、今はファーウェイの特別顧問という立場にありながら、デジタル機器が嫌いだった。

「やれやれ」

ドローンはどんどん下降してくる。艫《とも》の辺りに目の高さまで降りてくると、ドローンは言った。

「老師、釣れましたか？」

「釣れないよ。上から監視してたんだから、知ってるだろう。何だ？」

「面白いものを発見しました」

声は、孫の王水理《すいり》である。彼はハイデルベルク城を模した建物の一角にオフィスを構え、中国国内に二台しかない最先端のスーパーコンピュータを駆使して、風水をＡＩに学習させる作業に従事している。

「面白いもの？　何だ？　言ってみろ」

「ここではちょっとお見せできません。どうか家にお帰りください」

「まだ釣り始めたばかりだぞ」

「今、気温は三十五度あります。老師、水を持っていかなかったでしょう？　熱中症の危険があります」

「うるさいなあ」

「どうかお帰りください」

「分かった分かった」

王中毅は釣竿を置いて艫へ行き、艣《ろ》を漕ぎ始めた。年の割には、足腰がしっかりしている。周囲の者たちは皆、一人で行動しないでくれと言うのだが、そんなものはどこ吹く風だ。自分がいつ死ぬのかは分かっているのだから、気を遣うことなど何もない。小舟の後をついてくるドローンを時折振り返りながら、桟橋に着く。

釣竿と空の魚籠を手に、王中毅は歩き出した。桟橋の板が足の下で心地よい音を立てて軋むが、何しろ暑い。木陰に入って、ほっと一息つく。森の小道を五分ほど歩くと、高い煉瓦塀に囲まれた、中国風の古い二階家が見えてくる。百年前の古民家を、湖のほとりに移築したものだ。見てくれはボロ家だが、そのセキュリティは万全で、中の設備も最新式だ。鍵はないが、玄関に近づくと顔認証システムが作動し、開錠してくれる。

王中毅は一階の冷蔵庫からペットボトルの水を取り出し、それを持って二階に上がった。一番奥の部屋の扉が自動で開錠される。中に入ると、この部屋には窓がない。壁面いっぱいに、大小様々なディスプレイが並んでいる。王中毅は安楽椅子に腰を下ろし、水を飲んでから言った。

「水も飲んだぞ。さあ、何だ?」

正面の一番大きなディスプレイに、王水理の顔が映し出される。

「釣りのお邪魔をして申し訳ありません。ただ、これは早くお知らせした方がいいかと……」

「言い訳はいい。何を見つけた?」

「まず、これをご覧ください」

画面には、しゃもじを握りしめて「おきざりにした悲しみは」を歌う真子の姿が映し出された。背後では、頭に包帯を巻いた長坂誠がギターを弾いている。背景には、襖いっぱいに書かれた圭の書。ただしこれは、手前で歌う真子の姿に隠れて、なかなか全体像が見えない。

「おっ」

王中毅の目は、すぐに背景の襖の書に吸い寄せられた。が、耳は真子の歌声をちゃんと聴いている。

画面下には、中国語に訳された歌詞のテロップが流れている。そんなことをこの小娘が歌っているのか。それにしても美しい歌声だ。一言一言に何とも言えぬ哀愁が漂っているではないか。これは驚いた。真子が歌い終えたところで、動画はフリーズした。王中毅は嬉しそうに拍手した。

「素晴らしい。耳の福だな」

「この動画は八月六日にユーチューブに投稿されたものです」

「しかしお前が言いたいのは、歌ではなかろう？　後ろの書だな」

「おっしゃる通りです」

「これは王羲之の書じゃないか。ＡＩに学習させてＣＧで書かせたものか？」

「それが違うんです。生成ＡＩによるＣＧでは、こんな風に書けません」

「その根拠は？」

「これをご覧ください。拡大します」

背景の襖が拡大される。

「この下地、おそらく日本の襖かと思われますが、所々に小さな穴が空いてますね？　これはＢ４サイズの紙を画鋲で留めた痕です。文字の部分を拡大します」

「うん、見せてくれ」

「ほら、画鋲の穴の中まで、墨が染み渡っていますね。こんなことは、ＡＩにはできません」

「何故かね？」

「必然性がないからです。書の下地にあちこち小さな穴の空いた襖を選択するなんて、必然性がありません。ＡＩは必然性のないことを選択できません」

「つまり、これは人間の手で書かれたということか」

「間違いありません」

「誰だ？　誰が書いた？　この包帯男か？」

「それがなかなか突き止められなかったのです。二番のディスプレイをご覧ください」

二番のディスプレイを見ると、今度はトー横で真子が「ガソリンの揺れかた」を絶唱する動画が映し出された。もちろんギターを弾く長坂誠の姿も映っている。

「これは八月九日に投稿されたものです」

「違う歌だな。でも書は？　書がないぞ」

「三番のディスプレイをご覧ください。これは八月十一日、つまり今朝投稿されたものです。この動画には位置情報が含まれています」

さくら荘の大家、桜木が撮った動画が流れ始める。最初は真子と圭がワンボックスカーに乗り込む場面。続いて手錠をかけられた長坂誠が連行される場面。桜木の大袈裟な実況中継も、中国語に翻訳されたテロップとして流れている。王水理は動画を巻き戻し、圭が映っている箇所で止めた。

「この少年の右手を拡大します」

拡大された圭の右手は、墨で黒く汚れている。

「襖の書は、この少年が書いたものと思われます」

「手首に握られた痕があるな」

「そうなんです。この少女の右手首にも、同じような痕があります。原因は不明です」

「顔を。もう一度少年の顔をよく見せてくれ」

三番のディスプレイに拡大された圭の顔が映る。王中毅はその顔に、じっと目を凝らした。

「名は？　この少年の名は？」

「生方圭です」

骨相と姓名、そしてタイミング。この三つから、王中毅は一つの結論を導き出した。

驚きだ。これは皇帝の相ではないか。つまり天下を統一する相だ。天才、という言葉が頭をよぎる。

それも千年に一人の天才だ。間違いない。

「ちなみに少女の方は生方真子。母親の生方恵と三人でこのアパートの23号室に暮らしています。

ただ気になるのは、七月二十日に電気ガス、七月いっぱいで水道が止められていることですね」

「もう一度、一番の動画を最初から見せろ」

一番のディスプレイに動画が再生される。王中毅は背景の襖の書を、じっと見つめた。

すごい。まさに王羲之の再来だ。これをあの少年が？　信じられない。だがこれは事実だ。

「この動画、再生回数はどれくらいだ？」

「ユーチューブでは……おっと、急激に伸びてますね。今、約三万回。八月九日に誰かがウェイボーとティックトックにコピーを投稿して、今、加速度的に拡散されています。平均すると、一分間に一万回ずつ再生されてますね」

「騒ぎ始めてるわけだ」

「コメントを見ますと、最初のうちは少女の歌の方に気がいってるみたいですが、昨日あたりから、背景の書に対するコメントが増えてきています」

「まずいな。早いうちに手を打たんと。このアパートの位置は、特定できてるのか？」

「もちろんです。部屋は21号室。このギターを弾いている長坂誠という男の部屋です」

「東京だな。東京に誰か使える奴はいるか？」

「百七十八人います」

「一人でいい。骨董商をやっている者を、買い付けに向かわせろ。まずこの襖を手に入れるのだ」

「分かりました」

「手荒なことをするんじゃないぞ。買い付けの金も、あまり出しすぎてはいかん。同じサイズの襖を用意して、すぐに取り替えられるようにしていくのだ」

「了解です」

「それからな、母親はどうした？　母親を探せ」

「それは少々難しいですね。しかし今朝、警察が出張ってきたわけですから、母親の所在も早晩明らかになるのではないかと思われますが」

「とにかくこの少年を守るのだ。部屋の電気ガス水道が止められていると言ったな。払ってやることはできるか？」

「可能です」

「よし。じゃあ払ってやれ。それからこのアパート、部屋は空いているか？」

「四部屋空いてますね」

「じゃあ、一部屋借りろ。そこへ影を送り込め」

「このアパート自体、売りに出ておりますが。如何いたしましょう?」

「幾らだ?」

「日本円で四千万円です」

「よし。買ってしまえ。今、すぐにだ」

王中毅は頬が上気するのを感じた。年甲斐もなく興奮している自分に、苦笑いを漏らす。

「とにかくこの生方圭という少年を守るのだ。傷一つ負わせることは許さん」

王中毅は水を一口飲み、長生きはしてみるものだな、と改めて思った。

19

採尿は、二人の警察官の目視による確認があってこそ成立する。要するに紙コップに小便をするところを、両側からじっと見つめられるのだ。

「やりにくいなあ」

長坂誠は声に出して呟いた。

「すみませんねえ。これが仕事なもんで」

「大変なお仕事だねえ」

ようやく小便が出た。紙コップに三分の一ほど溜めて、後は便器に出す。

「髪の毛は調べないのかい？」

「それは結構です」

野々村刑事が答えた。藤崎刑事はその紙コップを手に、一旦どこかへ消えた。

小平警察署の三階である。採尿を終えた長坂誠は、窓のない取調室に案内された。野々村刑事が、念を押すようにこう言った。

「さっきも言ったけど、尿検査の結果が出るまで、一日かかるからね。今夜は泊まりですよ」

「ご苦労様ですねえ。煙草は？」

「煙草はだめですね」

そんな話をしているところへ、藤崎刑事が戻ってきた。長坂誠の正面に座り、

「さて、と」

と言って、スマホを取り出す。

「これは、あなたのスマートフォンですね？」

「そうです」

「パスコード、教えてもらえますかね。や、通信事業者に問い合わせてもいいんだけど、多少手間がかかりますからね。ご本人の口から、教えてもらえませんかね」

嘘だった。今やスマホのセキュリティは相当厳しいものになっていて、いくら警察からの問い合わせであろうとも、パスコードを漏らすようなことはないのだ。長坂誠はちょっと考えてから、こう言った。

「じゃあ、交換条件で」

「何ですか？」

「弁護士に連絡させてください。そしたら、パスコードを教えます」

藤崎刑事は野々村刑事と顔を見交わし、軽く頷いた。

「いいですよ。連絡してください。ただし、写真を消去するとか、変な真似はしないでくださいよ」

長坂誠はスマホを受け取ると、指紋認証で起動させ、城正邦彦に電話した。呼び出し音が三回響く

と、眠そうな城正の声が応えた。

「おう……」

「もしもし？　朝早くに悪いな」

「何だ？　どないした？」

「実はな……」

長坂誠は今朝自分の身に起きたことを手短に話した。城正は黙ってそれを聞いていたが、話が一段落つくと、

「よっしゃ、分かった。小平警察署やな。一時間で行くけえ、お前、黙秘しとけ」

「いや、黙秘する気はねえんよ。あったことをそのまま話すつもりじゃ」

「そうか。そんならそれでもええけど、とにかくすぐに行くけえの」

「悪いな」

長坂誠は電話を切って、スマホを藤崎刑事に手渡した。

「城正という弁護士が来ます。パスコードは４１２６です。存分に調べてください」

藤崎刑事はスマホにパスコードを入力し、起動するのを確かめてから、訊いてきた。

「では、まず事の発端からお訊きしましょうか。あの子たちはいつからあなたの部屋に？」

「八月一日、いや、二日からですね」

初めて真子と出会った時のことが蘇ってくる。わずか十日ばかり前のことなのに、遠い昔の出来事のように思える。その時の様子を語り、翌朝朝飯を差し入れてやったことや、夜になってカレーをご

馳走してやったことなどを話す。野々村刑事はその証言を、ノートパソコンに入力している。

「何でそんなに親切にしてやったんですか?」

「何でって、気の毒だったからさ。母親が行方不明で、電気も水道も止められてたんですよ。放っておけますか」

「母親はいつからいないんです?」

「七月の十一日だったかな。あ、スマホの発信履歴を見てください。毎日かけてる番号、あるでしょう。それがあの子たちの母親の電話番号です。探してやってください」

「それはもう別の部署が動いてますから。ご心配には及びません」

野々村刑事が脇から口を挟んだ。長坂誠は「そうですか」と言って、やや安堵した。

「どうしてもっと早く、警察に相談しなかったんですか? 電話一本で済むことじゃないですか」

「それは……真子が、あの女の娘が嫌がったからです。でも何とか説得して、十二日に警察へ相談しに行くつもりでした」

「十二日っていうと、明日じゃないですか。どうして十二日なんです?」

「母親がいなくなってから、ちょうど一月だし。おれの仕事も休みだったからね」

「どうしてもっと早く相談してくれなかったのかなあ。そうしたら、こんな面倒くさいことにならなかったのに」

「その点に関しては、反省してます」

長坂誠はそう答えて、軽く頭を下げた。それからこの十日間にあった出来事を一つずつ順に話していった。

圭に書を書かせ、真子に歌わせて、その動画をユーチューブに投稿したこと。父仁義が亡くなって、大阪、岡山へ行ったこと。真子とトー横で路上ライブをやったこと。帰宅して二人の誕生日を祝ったこと。真子が鳥取山に襲われかけたことは、あえて話さなかった。話がややこしくなると感じたからだ。

その間、二人の刑事は黙って話を聞いていたが、やがて藤崎刑事が口を開いた。

「あんた、あの二人の子供に乱暴とか、いやらしいこととかしてないだろうね？」

「してませんよ」

「女の娘の右手首に、拘束された痕があったよね？」

「あれは……トー横で路上ライブやった後に、偶然昔の知り合いと会いましてね。一緒に鮨食ったんですけど、そいつが酔っ払って、真子に乱暴しようとしたんです。おれのギターのネック、へし折れてたでしょう。あれも、そいつの仕業です」

「そいつの名前は？」

長坂誠はすぐに答えようとした名前を、一旦ぐっと飲み込んだ。

「それは言えませんね」

「どうして？　悪い奴なんだろ？」

「悪い奴だけど、昔、命を助けられたことがあってね。義理があるんだ」

「そんなこと言ってると、あんた不利になるよ」

野々村刑事が口を挟んだ。やっぱりややこしいことになった、と長坂誠は臍《ほぞ》を噛んだ。するとスマホを見ていた藤崎刑事が「おっと」と声を上げた。

「これ何？　この写真」

突きつけられたのは、誕生日の時に撮った写真だった。一枚目は真子のスカートの裾が乱れて、下着が見えている。

「卑猥《ひわい》な写真だねえ。それに女の娘、泣き腫らして、目が腫れぼったくなってるじゃない。これ、無理やり撮ったんじゃないの？」

「違いますよ。たまたまですよ」

「そうかなあ……」

藤崎刑事はスマホの中の写真をくまなく閲覧し、次にメモ書きのアプリを開いた。そこには昨年応募するつもりで書いた、官能小説の一節が載っている。

「長坂さん、これ何？　何書いてんのこれ？」

長坂誠は、うっと返答に詰まった。思わず、頬が紅潮してしまう。

「いい？　読むよ。〈少女は美しいふくらはぎをしていた。最初に見たのは、路線バスの中だった。女子高生は一番前の席に座っていた。タイヤボックスの上だから、ちょっと高くなった席だ。だから綺麗な脛《すね》をむき出しにして、彼女は座っていた。目にした瞬間、うわあ、何て美しいふくらはぎなのだろう、と声をあげそうになった。おれは少女のふくらはぎに弱い。ふくらはぎに執着がある。日々巡らせている様々な妄想も、多くはふくらはぎに関するものだ〉」

「もういい！」

隣の野々村刑事が止めた。

「もう読まなくていい。なんですか、これは？」

「ああ、小説だよ。官能小説。去年ね、フランソワ出版で官能小説大賞ってので、募集してたんだよ。賞金百万円だよ。それに応募するつもりで途中まで書いたんだけど、間に合わなかった」

「小説ねえ……これ、かなり卑猥ですよ」

藤崎刑事はその先を読みながら、疑り深い口調で言った。

「そりゃあ、そうだろ。卑猥だろ、官能小説だもの」

「まあ、そうなんですけどねえ」

「卑猥な文章書くのは犯罪かよ！　個人の自由だろ」

「自由は結構なんですけどねえ。他人の自由を侵害する自由は許されませんよ」

「おれがいつ他人の自由を侵害した？」

「例えばこの写真。これ、本当に同意があって撮ったものですか。少女の自由を侵害しませんでしたか？」

「してません！　断じてしてない！」

「じゃあ、何で？　どうして十日間も見ず知らずの子供たちを預かったんです？」

「どうして？　可哀想だったからだよ」

「可哀想じゃなくて、可愛いと思ったんじゃないですか」

「思ったよ。可愛いとも思った。それがいけないのかい？」

「程度によりますよ」

「いいか。老人が子供を見て、可愛いと思わなくなったら、日本はおしまいだ。人を見たらどろぼうと思うのはお前らの仕事だろうが、普通の日本人はな、もっとおおらかなんだよ。人を見たら、どろぼうでも、困ってたら親切にしてやるのが日本人の美徳じゃないか」

「ちょっと休憩入れましょうか」

野々村刑事がタイミングを見計らって、声をかけた。三人分のお茶を淹れ、

「朝飯、まだでしょ。おにぎりでも買ってきますか？」

「そりゃ、ありがたいね」

「藤崎、誰か買いに行かせてくれ」

「了解です」

「へえ、カツ丼じゃないんだ」

「あれはドラマとか映画の世界のことでね。捕まった奴の九割がカツ丼のこと言いますけどね。あれ、都市伝説。実際はまあ警察署によって、色々ですよ」

「そうか。カツ丼、都市伝説なのか……」

「あんた、最近お父さんが亡くなったって言ってたよね」

「ああ？　うん」

「お幾つでした？」

「九十歳。大往生だよ」

「お母さんは？」

「八十九でね。まだ元気だよ」

「うちも去年、親父を亡くしましてねえ。いや、もういい年だったんですけど、親が亡くなるっていうのは、やっぱり何かこう、力抜けますよねえ」

「そうだねえ」

長坂誠は薄いお茶をすすりながら答えた。


真子と圭が連れていかれたのは、小平市内にある養護施設だった。生徒数五十名の、かなり大きな施設だ。

最初に通されたのは、所長さんの部屋で、ここで名前とか経緯を聞かれた後、身体検査だった。圭に耐えられるかな、と真子は心配だったが、圭は思ったよりも大人しく、女医の言うことを聞いていた。

「体のあちこちに傷があるわねえ。これ、どうしたの？」

「蚊だよ、蚊！　蚊に咬まれたんだよ」

「じゃあ、この右手首の痣は？」

「これはね、悪い奴にやられたんだよ」

「悪い奴って、あの長坂って男？」

隣から、玉川警部補が口を出した。

「違うよ！　全然違う奴。トー横でね、やられたんだよ。超痛かった」

「でもこっちのボクの右手首にも同じような痕があるでしょう。これ、どうしたの？」

玉川警部補は完全に惚《とぼ》けて言った。ポケットには、ＩＣレコーダーを忍ばせ、録音している。圭はその言われようにムカついたが、あえて反論することは避けた。ここはお姉ちゃんに喋らせておいた方がいい。

二人は、身体検査を終えた後、朝食を出された。パンとスープとサラダにバナナ、目玉焼き。二人は物も言わずにこれを貪り食った。食える時に、食っとけ。それはこの一月で二人が学んだ生活訓だった。

その間、玉川警部補は二人の母親、生方恵の行方を探していた。何となく勘を働かせて新宿、六本木あたりに絞ったのだが、まだ結果は出ていなかった。マエがあれば、話は早いのだけれど。

「はい、じゃあ二人にお話、聞きますねー」

玉川警部補は幼児に言い聞かせるような節をつけて言った。面会室のソファだ。壁際に真子と圭、向かい合わせに玉川警部補と柚木刑事、そばにスツールを一脚寄せて、養護施設の先生が座っていた。

机の上には消毒液とＩＣレコーダーと資料の数々。

「じゃあ、最初にお母さんのこと、聞こうかな。お母さんがいなくなっちゃったのは、いつ？」

「七月十一日の夜」

「どこへ行くか、言ってなかった？」

「言ってなかった。一万円置いて、これで何か食べてね、すぐ帰ってくるからって」

「電気が止まったのは、いつ？」

「七月の二十日くらい」

「水道は？」

「七月いっぱいで止まった」

「それで、21号室のおじさんのところに、水借りにいったんだ？」

「そう。最初はね、あたしこっそり洗濯機のところから水盗っちゃおうとしたんだけど、おじちゃんすぐくれたよ。バケツにも入れて持ってきてくれたよ。それで、今度は次の日の朝。起きてみたら、玄関におにぎりとポカリスエットが差し入れてあったの！　お母さんかと思って、あたしびっくりしちゃったんだけど、それもおじちゃんだった。その日の夜にはねえ、カレーを作ってくれて、ご馳走してくれたんだ。めっちゃ美味しくて、もう神だよ神！」

「それが八月二日の晩ね。その日から、あのおじちゃんの部屋にいたの？」

「そうだよ」

「ずうっと？」

「ずうっとだよ。ずっといていいって言ってくれたんだ。エアコンもつけっぱなしで、お風呂も勝手に入っていいって。洗濯もしたよ」

「その間、あのおじちゃんは？　普通に仕事行ってたの？」

「行ってたよ」

「あなたたちは、部屋に監禁されてたのね？」

「カンキン？　誰が？」

「あの部屋に閉じ込められていたんでしょう？　可哀想に。怖かったでしょう」

「怖くなんかないよ。楽しかったよ」

「あなたね、あなた、マインドコントロールされてるのよ。自分じゃ分からないのよ」

「何バカなこと言ってんのよ」

「分かってる、分かってる。そうよね、怖かったんですものね。痛いことなんかも、されたんでしょう？」

「されないよ！」

「マインドコントロールよ。ね？　痛いこと、されたでしょう。ほらこの右手首。痣になってるじゃない。ひどいことするわねえ。これ、あの長坂って男がやったんでしょう？」

「違うってば！」

「あ、マインドコントロール！　思い出せないように抑制が働いてるんだわ。いいのよ、本当のこと言って。本当はあの男に乱暴されたり、悪戯されたりしたんでしょう？」

「そんなこと一度もない！」

「かなり強いマインドコントロールが働いてるわね。これは厄介だわ」

「厄介なのはあんただよ、おばさん」

不意に、圭が口を開いた。落ち着いた、大人のような口ぶりだった。

「何がマインドコントロールだよ。あんたが今、やろうとしているのがマインドコントロールだよ。お姉ちゃんは何もないって言ってるだろう。それがすべてだよ。右手首の痣？　それは九日の夜につけられて帰ってきたんだよ。調べれば、分かる。左利きの奴にやられたんだ。あのおじちゃんは右利きだよ。それから僕の右手首の痣。これも左利きの奴の仕業。おばさん、あんた左利きだろ？」

「私は、そのう、左利きだけど」

「これをやったのは、あんただろ？　左手で僕の右手をぎゅっと摑んで、引っ張ったじゃないか。とぼけないでくれよ。これはあんたがやったんだ」

「そんなに強く引っ張った覚えはありません。あ、あの時、乱暴されたから、つい力が入ったのかも……」

「乱暴？　僕は目の前で見てたんだぞ。乱暴なんてされてないじゃないか。あのおじちゃんはね、右膝が悪いんだよ。それで膝がかくっとなったのさ。よろけて倒れそうになったから、あんたに摑まろうとしただけじゃないか。それを何、公務執行妨害、暴行？　ねえおばさん、訊きたいんだけど、警察官の第一義って何？　犯人を捕まえることだなんて言わないでよ。警察官の第一義は、市民の安全を守ることでしょう。だったら何故、あんたは倒れそうになっているおじいさんに手を貸してやらないの？　年寄りがよろけたら、体を張ってでも助けてやるのが警察官の仕事じゃないのか？　それを何だ、暴行だって？　恥ずかしくないのか！」

玉川警部補は、ぐうの音も出なかった。真子も驚いて言葉を飲んだ。こんなふうに喋る圭を、初めて見た。この十日間で、真子にも圭にも、何らかの変化が訪れていた。

20

留置所には、独特の臭いがある。清潔で、掃除も行き届いているが、どこか無理やり無臭にしているような気配がある。それを「悪の臭い」だと断定するのは、いささか乱暴かもしれないが、当たらずといえども遠からず。詩的に言うなら、人間の瓦礫《がれき》の臭いがするのである。

「持ち物は、この財布だけ?」

入所前に手荷物検査と身体検査をした担当官が、つまらなそうに訊いた。まだ三十代だろう、若い担当官だ。

「じゃあ、服脱いで。全部だよ。パンツも」

「はいはい」

長坂誠は素直に服を脱いで、裸になった。別に恥ずかしくはなかったが、屈辱的ではある。

「はい口開いて。あーん。はい今度はケツ見せて。ケツの穴。自分で開いて。はい、よし」

長坂誠は慌ててパンツを穿いた。若い担当官は書類に何か書き付けた後、

「もう全部着ていいよ」

と馬鹿にしたような口調で言った。長坂誠はTシャツを着て、七分丈の短パンを穿いた。スニーカ

ーを履こうとすると、ちょっと待った、と止められた。

「スニーカーはだめ。紐がついてるからね。これは、こう外して……こちらで預かります。履物はこのサンダル、8番ね、これ使って」

8と書かれた便所サンダルが渡された。ちゃんと洗ってあるはずなのだが、何だか汚らしい。

年寄りの担当官に引き渡され、房に案内される。ちらちらと横目で見ると、大体の房は塞がっているようだ。刺青を入れた奴もいる。二人入っている房もある。長坂誠が連れていかれた房は、奥から二番目だった。他に留置人の姿はない。

「やれやれ」

ごろりと横になると、即座に注意された。

「こら！　寝転がるな」

「厳しいねえ」

長坂誠は、大阪で留置所に入った時のことを思い出した。こんなに厳しかったっけ？　あの時は保釈金が払えなくて、裁判までの二ヶ月間を留置所で過ごしたが、一日中寝転がっていたような気がする。二ヶ月の間に、何人の容疑者と同じ房になったろう。二十人くらいか。基本的に留置所では、同じ種類の犯罪を犯した者は同房にはならない。長坂誠の場合、薬物事案だったから、同じ房には詐欺、窃盗、傷害などの犯罪者が入ってきた。

忘れられないのは、三宅という若い半グレの男だ。やたら威勢がよくて、すぐにキレる奴だったが、こいつは背中にドラゴンボールの刺青を入れていた。

「三百万かかりましてん」

三宅は事あるごとにそう言って、背中の刺青を見せびらかすのだった。

もう一人、忘れられないのは、七十八歳になる矢島という泥棒だ。施設育ちで、中学中退。物心ついた時には、もう盗みを働いていたという。

「一度前科がついたら、もうあかん。どんなに一生懸命働いても、白い目で見られるんや。そらあ、ヤケにもなるわな。若かったし。世の中に復讐してやるんや、思うて、また盗む。そしたらまた捕まる。刑務所に入ったり、出たり、入ったり。もう何遍入ったか覚えとらんわ」

「世間の風は冷たいもんやね」

「冷たい冷たい。もう凍えるわ。刑務所の中の方が、よっぽど暖かいわ」

「留置所は？」

「留置所は生暖かいなァ。作業せんでええから、楽は楽やけどな。けど、わしももうあかんわ。逃げよう思うても、足悪うて逃げられへんがな」

「泥棒を止めようという気にはならへんかったん？」

「ないなあ。他に何の能もあらへんさかいに。けどな、わし、人を傷つけたことは一度もあらへんで。死んでしまおうと思うたこともない。何とかこの年まで生きてきたんや。この先もまだまだ、百まで生きちゃるんや」

長坂誠は矢島老人の老けた顔を眺めながら、こういう人生もあるんだなあ、と感心した。社会の一番底辺には、こういうどす黒い人生が蠢《うごめ》いているのだ。

あの爺さん、どうしたかなあ。生きていれば九十九歳か。死んだだろうなあ。何年か前、日本の死亡者数というものを調べてみたことがある。年間、約百三十万人。月間だと約十一万人。これをさらに割っていくと、五分間に十二人の人間が死んでゆく計算になる。煙草を一本吸う間に、日本のどこかで十二人の人が死んでいるのだ。この八月、親父もその死亡者の一人になったわけだ。

今思うと、親父の死にざまは見事だった。葬式も出さずに、すぐに焼いてくれというのは、なかなかの始末のつけ方だ。死者は生者を煩《わずら》わせてはならない。植物が枯れるように、静かに、ただ死んでいくのは正しいように思う。長坂誠は父仁義の顔を彷彿とした。大阪で世話になった時、親父は今の自分くらいの年齢だったわけだ。まだ若かったんだな、と改めて思う。ルーチェに乗って、ブラームス聴いて、大阪の街を流していたんだな。

ああ、あのフラメンコギター。裁判が終わって、店に戻ったら、ケースだけ残して誰かに盗まれていた。あのギターが残っていればなあ。おれは今頃スペインにいたかもしれない。いや、ギターのせいじゃない。おれに勇気がなかっただけだ。元からのギブソンは残っていたのだし、腕もかなり上がっていた。絶望的な勇気と情熱さえあれば、あの時点でスペインへ行けないことはなかったはずだ。しかしおれはすっかりやる気を失くして、岡山へ帰る道を選んでしまった。そこから真面目に二十年近く働いたのだが、何がどうしたことやら、一周回ってまたおれは留置所にいる。因果な話だ。

トイレへ行く。各房には一つずつトイレがあるのだが、これがなかなか変わっている。大阪の留置所もそうだったが、和式で、扉がない。そして、角というものがない。本来、角ばっているはずのあらゆる縁にコンクリが塗りつけてあり、丸っこくなっているのだ。これは自殺防止のためだ。角があると、そこに思いっきり頭をぶつけて、死のうとする奴が少なくないのだろう。よくまあそんな気になるよな。小便をしながら、そう思った。

「8番、面会だ」

担当官が声をかけてきた。何時だろう？　そういえば留置所には、時計というものがない。房を出て、8番のサンダルを履く。分厚い鉄扉の前で手錠をかけられ、別の階の面会室へと連れていかれる。面会室の前で一旦手錠が外され、中へ入る。

点々と穴の空いたアクリル板の向こうに、城正が座っていた。目が合うと、何とも言えない複雑な笑みを浮かべる。

「えらい目におうたのう」

「うーん。まさに青天の霹靂《へきれき》じゃ」

「お前、薬物はやっとらんのじゃろ？」

「やっとらん」

「なら大丈夫じゃ。明日の午前中には出られる」

「そうか……あの子たちは？　母親は見つからんのか？」

「子供たちは養護施設に連れていかれた。そこで色々と訊かれてるはずじゃけど、お前、何もしとらんのじゃろ？」

「おれがそんなことをする人間に見える言うんか」

「そんなこたあねえわ。一応確かめただけじゃが。母親はな、今、まだ捜索中じゃけど、生きていれば、すぐ見つかるじゃろう」

「生きていれば、か」

「生きとるとええのう。でなかったら、子供たちがあんまり可哀想じゃ」

長坂誠は溜息を漏らした。同時に、午後から公務執行妨害の件で取り調べを受けたことを思い出す。直接取り調べたのは、当事者の玉川警部補だったが、どこか憔悴《しょうすい》していて、早朝に踏み込んできた時の勢いは感じられなかった。

「公務執行妨害の件はどうなるんかな?」

「そんなもん、起訴するわきゃねえわ。ほんまに暴力をふるったんなら別じゃけど」

「暴力なんかふるっとらんよ。最近、膝が悪うての。よろけた拍子に、女の刑事の胸を掴んでしもうたんじゃ。ありゃあ、不可抗力じゃ」

「今頃、警察の中でも揉めとるじゃろうけど、まあ、過失いうことで、無罪放免じゃろ。起訴なんかしたら、逆に警察の恥になるわ」

「そうか……」

「もし起訴なんかされたら、全面的に戦っちゃる。大丈夫じゃ。心配すな」

城正はそう言って、自分の胸を叩いて見せた。そしてこちらを安心させるべく、話題を変えた。

「そういやお前のユーチューブ、見たで。米原が見つけてな、連絡くれたんじゃ。あの女の娘、すげえな。わしゃ、感動したで」

「そうか。そうだろう。あの子、天才じゃろう」

「あんな歌声、聞いたことねえわ。再生回数も五万くらいいっとるしな。ありゃバズるで」

「ちょっと待て。五万？　五回じゃなくて？」

「米原が拡散したんじゃろう。今さっき確かめたら、五万回再生されとったで」

「ほんまか！　やった！」

「何じゃお前、知らんかったんか？」

「知るわきゃねえが。わしゃ留置所におるんやで」

「そうか、そうじゃった」

二人は声を合わせて笑った。それは、この殺風景な面会室には似つかわしくない、明るい声だった。

21

その養護施設の消灯時間は九時半だった。

真子と圭は四畳半の個室に布団を並べて敷いて、横になっていた。豆電球が一つ、点いている。室内は殺風景で、家具一つない。二人とも、すぐには眠れそうになかった。

「おじちゃん、大丈夫かなあ」

真子が呟いた。圭は応えない。

「お母さん、大丈夫かなあ」

それは、この一月の間、何度口にしたか知れない台詞だった。圭が応える。

「大丈夫だよ」

「そうかなあ。そうだといいなあ」

言いながら、真子は嗚咽《おえつ》を漏らした。圭は黙って、それを聞いている。真子はすぐに泣き止むと、鼻声で、囁くように歌い始めた。

昨日はクルマの中で寝た

あの娘と手をつないで
市営グランドの駐車場
二人で毛布にくるまって
カーラジオからスローバラード
夜露が窓をつつんで
悪い予感のかけらもないさ
あの娘のねごとを聞いたよ
ほんとさ　確かに聞いたんだ

カーラジオからスローバラード
夜露が窓をつつんで
悪い予感のかけらもないさ
ぼくら夢を見たのさ
とってもよく似た夢を

忌野清志郎の「スローバラード」だった。しばらくの沈黙の後、圭は言った。

「切ない歌だね」

「そうだね。切ないね」

真子はそう答えて、また少し泣いた。圭は今聴いた歌詞を頭の中で繰り返していた。この二人が見た「とってもよく似た夢」というのは、どんな夢だったのだろう？

やがて二人は眠りに落ちた。

翌朝、六時半起床。今日も暑い。

真子と圭は職員の手を借りて布団を上げ、顔を洗って、歯を磨いた。それから外へ出て、ラジオ体操。集まった子供たちの数は、三十人ほどだろうか。幼稚園児から中学生まで、年齢も性別も様々だ。この先、ずっとここで暮らすことになるのだろうか。そう思うと真子は不安で、ラジオ体操も上の空になってしまった。

七時半、朝食。ラジオ体操に参加した子供たちよりも多くの人数が食堂に集まり、一斉に食事を取る。ご飯に味噌汁、おかずはベーコンエッグにサラダ。それが決まりなのか、食べている間は、誰も何も言わない。幼稚園児や小学校低学年の子らは、時々奇声を発したり、ふざけたりしていたが、全体的には静かなものだ。何だか楽しくないな、と真子は思った。みんな、義務みたいに食べている。長坂のおじちゃんと食べる食事は、いつも楽しかった。味がどうこういうのではなく、食べる喜びに満ちていた。口には出さなかったが、圭もまったく同じことを考えていた。

と、朝食が済んだところへ、所長さんが駆け込んできた。満面の笑みを浮かべて、二人にこう言った。

「お母さん、見つかったわよ！」

「ええ！」

二人は同時に声を上げた。

「今、警察から連絡があってね。八王子の病院にいるって」

「え？　病気なの？」

「それは分からないけど、元気だって」

「マジで？」

「マジよ。今からすぐ行きましょう。私、運転するから。支度して」

「支度なんて、何もないよ」

「あそうか。そうよね。行きましょう！」

真子と圭は、所長さんの軽自動車に乗り込んで、八王子に向かった。車中、所長さんは何度も「よかったわねえ」と連発して言うのだった。それに対して、二人はまだ信じられない思いでいた。

東原総合病院は、八王子市の東寄りにある。小平市からは、車で小一時間ほどだ。午前の診療が始まったばかりとあって、一階の待合室は患者で溢れていた。受付カウンターで所長さんが事情を告げると、首からぶら下げる面会カードを三枚、手渡された。

「724号室です」

事情を知っていたのか、受付嬢の声は弾んでいた。エレベーターで七階に上がり、ナースステーションに声をかけると、看護師が二人、飛び上がって三人を迎えた。

「こちらです。こちらです」

二人の看護師は、三人を先導して724号室に向かった。六人部屋の窓際のベッドだ。八王子署の刑事が二人、容疑者の写真を見せているところだった。生方恵は、二十枚近くある写真の中にヤマモトの顔を見つけ、

「この男です」

と指差した。

「間違いありませんか？」

「間違いありません。この男です」

二人の刑事は顔を見合わせ、頷き合った。

そこへ、真子と圭が駆け込んできた。二人はベッドの上の母親の顔を見ると、

「お母さん！」

と同時に叫んで、飛びついてきた。

「真子！　圭！」

生方恵は二人を抱きしめた。すっかり痩せ細っていたが、その手は暖かかった。真子は声を放って泣き出したが、圭は違った。お母さん、変わった。そう思ったのである。ただ単に痩せて、やつれただけではない。以前は常に感じられた「角」みたいなものが失くなり、丸くなっている。声も態度も弱々しいけれど、以前よりもずっと優しい感じがする。

「ごめんね。ごめんね」

生方恵は泣きながら謝った。彼女はまだリハビリを始めたばかりで、喋るのもたどたどしいし、歩

くのにも歩行器が必要だった。目は覚めているけど、まだ半分夢の中にいるような感じなのだ。それが、二人の子を目にした瞬間、体の奥から何か熱いものが湧き上がり、ぴたりと焦点が合った。母性というものが蘇ったのだ。

少し離れた場所でもらい泣きをしていた所長さんに、刑事の一人が名刺を渡し、事情を説明していた。

「犯罪被害者等給付金というのを申請しましょう」

刑事は言った。

「それから生活保護の申請もお願いします」

「分かりました。すぐに手配します。それで犯人は？　犯人の目星はついているんですか？」

「ついてます。必ず捕まえます」

刑事は自信に満ちた声で答えた。

22

「兄貴、ご出所おめでとうございます」

城正がふざけた口調で言った。

「おう。やっぱり娑婆《しゃば》はええのう」

長坂誠はそう答えて、にやにやした。二人で肩を並べて、警察署を後にする。十時半だった。暑い。

警察署前の駐車場には、赤いアルファロメオが停まっている。城正の車だ。

「お、詩みたいだな」

警察署前の赤いアルファロメオ、か。そう呟いて、助手席に乗り込む。車内は猛烈な暑さだった。

エンジンをかけても、なかなか涼しくならない。

「こいつ、電気系統が弱いんよね」

申し訳なさそうに、城正が言う。

「これ、新車か?」

「まさか。もう十年落ちじゃが」

「きれいに使っとるな。お前らしい」

城正は昔から車好きだった。特にイタリア車が好みで、三十代の一時期には、ランチアに乗っていたこともある。一緒にパリダカのラリーに出場しないかと、本気で誘われたこともあった。その時のことを話しているうちに、車はもうさくら荘の近くまで来ていた。

「どこへ停めよか。コインパーキング、あるか？」

「そこのコンビニの駐車場に」

「了解」

「何か食うもん、買おう」

「そりゃ、わしが買うちゃる。出所祝いじゃ。何がええ？　弁当か？」

「いや、パンがええな。惣菜パン」

朝、留置所で出たのは、日の丸弁当に具のない味噌汁だけだった。臭い飯とはよく言ったもので、日の丸弁当の米は、雑巾のような臭いがした。あの飯を食った後なら、どんなものでもご馳走だ。二人してコンビニに入ると、レジの中から声がかかった。

「いらさいませー」

チャウミー君だ。こんな時間に彼がいるのは珍しい。

「おお、チャウミー君。今日は日勤かい？」

「今日はネ、昼までだヨ」

「そうか。大変だな。煙草くれる？」

「はい、ロングピース」

そんなやりとりを横目で見ながら、城正は安堵し、微笑みを抑えられなかった。ちゃんと地域に溶け込んでいるのだなと思うと、嬉しかったのだ。

「チャウミー君、あの赤い車ね、しばらく停めておいてもいいかな？　三十分くらい」

「いいヨいいヨ。店長いないし、大丈夫ヨ」

「悪いね。ありがとう」

「ありたましたー」

外へ出ると、強烈な日差しが二人を照らし出した。さくら荘に向かって歩いていると、その途中で電話が鳴った。スマホの画面を確かめると、公衆電話からだ。もしかしたらと思いながら出てみると、いきなり真子の声が響いた。

「おじちゃん？　もしもし、おじちゃん？」

「おお！　真子か。無事か？」

「あのね、あのね、お母さんね、見つかったの！」

「本当か！　元気なのか？」

「今、病院なの。お母さんね、大丈夫なの。生きてたの」

真子は涙声で言った。長坂誠は飛び上がって喜んだ。

「よかった！　よかったなあ！」

「そうなの。マジでよかったの。あたし嬉しい」

「おれも嬉しいよ。よかったなあ。真子、よく頑張ったな。偉いぞ。偉いぞ！」

真子は、母親が悪い人に薬を飲まされて、ずっと眠っていたことや、一週間ほどで退院できそうなこと、自分たちは小平市の養護施設にいることなどを矢継ぎ早に語った。それを聞きながら、二人が棄てられたわけではなかったことを知って、長坂誠は心底嬉しかった。

「見つかったんか、母親？」

電話を切ると同時に、城正が声をかけてきた。

「見つかった。生きてた」

「そりゃあよかった」

「よかったよ。本当によかった」

目尻に涙が滲んでいた。最近、どうも涙もろくなっていていけない。

二人はさくら荘の外階段を上って、21号室の扉を開けた。部屋の中は猛烈な暑さだ。一旦窓を開け放ち、エアコンを入れる。

「まあ、入ってくれ。その座椅子、座ってええけえ」

「おお。邪魔するで。わ！　こりゃあ、学生の時のお前の部屋にそっくりじゃのう」

「じゃのう。もう五十年もこんな調子じゃ」

お湯を沸かし、ドリップ式のコーヒーを淹れる。その間、城正は襖の書をじっと眺めていた。

「これ、お前が書いたんじゃねえよな？」

「小学生の男の子じゃ。圭いうてな」

「ほんまか。こりゃ、すげえが」

「天才じゃ。真子の歌もそうじゃけど、圭の書も、ものすげえ才能じゃ」

二人は襖の書を眺めながら惣菜パンを齧《かじ》り、コーヒーを飲んだ。そのうちに城正は先ほどコンビニで買った不祝儀袋に五万円入れて、差し出してきた。

「これな、香典じゃ」

「おお、すまんなあ。助かるわ」

「親父さん、幾つじゃったん？」

「九十歳。大往生じゃ」

「おふくろさんは？　元気なんか？」

「元気じゃ。わしゃ九月に納骨があるけえ、また岡山に帰る予定じゃ」

それから二人は、昔話に花を咲かせた。もう五十年の付き合いになる。話すことはいくらでもあった。そのうち、今の仕事の話になった。城正は遠慮がちにこう訊いてきた。

「仕事、きつうねえか？」

「きついわ。もうな、一日働いたら、夜は廃人みたいになっとる」

「じゃろうのう。転職する気はねえんか？」

「年じゃからのう。タクシーの運転手なんかどうかな思うて、こないだ検索してみたんじゃけど、その直後から広告メールの嵐でなあ。嫌んなった」

「カレー屋とか、どうじゃ？」

「カレー屋？　わしがか？」

「お前のカレーは絶品じゃ。特にあの、茄子のカレー。あれは商売になるで」

「カレー屋か。そらあ思いもよらんかったな」

「カレーなら、味さえよけりゃ、山ん中で店やっても客は集まるで。わしと米原で、開店資金出してもええ」

「そりゃあ、ありがてえ話じゃけど……」

煙草を一本咥えて、火を点ける。煙をゆっくり吐き出したところへ、外階段を上ってくる足音がした。施錠していたはずのドアノブが解錠され、扉が開く。鼻歌まじりで、大家の桜木が姿を現した。

「あ！」

桜木は声を上げた。

「あんた、何でここにいるの！　出てけ！　出てけよ！」

そう叫びながら桜木は、襖の書に目を留めて、

「あーあ、ああ、何これ！　何だよこの落書き！　ひどいなあ。原状回復！　元に戻せよ！　きれいにして、今すぐ出てってくれよ！」

桜木は喚き散らした。城正はそれを聞き流すと、立ち上がり、名刺を差し出した。

「長坂の友人で、弁護士の城正と申します」

「え？　弁護士？」

桜木は明らかに怯んだ。

「襖の件に関しては、謝ります。明日にでも原状回復いたします。だけどね、今すぐ出ていけとい

うのは、認められませんね。居住権というものがあります。少なくとも三ヶ月前に告げてもらわないと、追い出せませんよ」

「だって、だって犯罪者だろ」

「誰が犯罪者じゃ！」

城正は一喝した。怒りで、顔が真っ赤になっている。

「こいつはなあ、親切で子供たちを預かってやっただけじゃ。それをお前、何してくれとんじゃ！ 犯罪者はお前じゃ！ 見たでユーチューブ。連行されるところ、動画で撮って、モザイクも入れんと拡散したじゃろう！」

「だって……警察も来たんだし」

「プライバシーの侵害。名誉毀損。損害金は七百万くらい覚悟しておけよ。必ず訴えてやる！ 弁護士頼んで、首を洗って待っておけや！」

「き、脅迫するのか」

「脅迫？ お前、自分が何をやったのか、分かっとるんか？ 指一本で、人の人生を滅茶苦茶にしたんだぞ」

「お、おれは何も……」

「動画、今すぐ削除せえよ。今更遅いけどな。今すぐ削除すれば、ちっとは罪が軽くなるで」

「分かった。分かりました」

桜木はスマホを取り出して、操作しながら扉を閉めた。外階段を早足で下りていく足音が響く。不動産屋から、さくら荘が売れたという知らせがあって、喜び勇んでやって来たのに、こんな展開になるとは思いもよらなかった。どうしておれが訴えられなきゃならないんだ。七百万だって？　冗談じゃないよ。桜木は大慌てでユーチューブの動画を削除し、自転車にまたがった。

「とんでもねえ野郎じゃのう」

城正は吐き棄てるようにそう言って、元いた座椅子に座り直した。

「どねえする？　あの野郎、訴えるか？」

「いやあ、そねえ事を荒立てんでもええよ。あんな奴を斬ったら、刀の穢《けが》れになろうが」

「そうか。相変わらず優しいのう、お前は」

「まあ、貧乏籤《くじ》はいつものことじゃ」

「当たり籤いうんは、誰が引いとるんかのう」

「わし以外の誰かじゃろう」

二人は声を揃えて笑った。それを囃すかのように、表で蟬が鳴き始めた。


扉にノックの音がした。

長坂誠はテレビをつけたまま、うたた寝をしているところだった。昨夜、留置所ではほとんど眠れなかったのだから、無理はない。

少し間をおいて、再びノックの音がした。夕方五時を少し回ったところだ。誰だろう？

「ごめんくださぃ」

男の声だ。起き上がって、扉を開ける。そこには、五十代と思しき恰幅のいい男が立っていた。この暑いのに、半袖のYシャツに紺色のネクタイを締めている。右手に背広の上着、左手にスーツケースを持って、口許には人なつっこい笑顔を浮かべている。

「こんにちは。私、七福《しちふく》貿易の林真一《はやししんいち》と申します」

男は、名刺を差し出してきた。長坂誠は警戒しながらそれを受け取り、

「何です？」

と訊いた。

「昨日もお訪ねしたのですが、お留守だったみたいで。郵便受けに名刺を入れておいたのですが、ご覧になりました？」

「いいえ。何ですか？」

「実は、ですね……」

言いかけて林は、奥の六畳間の襖に目を留めると、おおッと驚嘆の声を上げた。

「これは素晴らしい！　これです。これを私、ユーチューブで拝見しまして、どうしても実物が見てみたくて、お訪ねしました。近くで拝見してもよろしいでしょうか？」

林のネクタイピンには超小型のビデオカメラが内蔵されていて、二人のやりとりは衛星回線で中国にいる王水理のコンピュータを経由し、王中毅のディスプレイに映し出されていた。もちろん日本語は瞬時に翻訳され、中国語の字幕が画像下に表示されている。長坂誠は林の顔と名刺を交互に見てから、

「どうぞ」

と渋々中へ招き入れた。林は靴を脱いで中に上がると、襖の前に立ち尽くした。

「すごい……」

林は唸った。言葉にならない、といった様子だ。

「これは、あなたがお書きになったのですか?」

「違いますよ。子供が……」

と言いかけて、口を噤む。何だか分からないけれど、余計なことは言わない方がよさそうな気がしたのだ。

「では、どなたがお書きになったので?」

「それは言えません」

「あの歌を歌っていた女の娘ですか?」

「とにかくおれが書いたものでないことは確かです」

「そうですか—」

林は、今度は口許をハンカチで押さえ、鼻先がくっつきそうなほど接近して、一文字ずつ書を見つめ始めた。

「これ、墨は現代のものですね」

「そう、ですね」

「油《ゆ》煙墨《えんぼく》ですね……筆は?　どんな筆を?」

「そんなこと知りませんよ。一体何なんです？」

「座ってもよろしいですか？」

「どうぞ」

林はその場に正座し、小机にスーツケースを置いて、中からパンフレットを取り出した。

「私ども七福貿易は、主に美術品や骨董を取り扱っております。パイロットショップは、青山の骨董通りにあります。ご存知ありませんか？」

「知らないね」

長坂誠はパンフレットを流し見しながら、無愛想に答えた。

「決して怪しい会社ではございません。何なら、スマホで検索してみてください」

言われるままにスマホを手に取って、〈七福貿易〉を検索しながら、

「率直に申し上げます。この襖の書を買い取りたいのです」

「それで？　何なんです？」

「この襖を？　買い取りたいって？」

「そうです。どうしても欲しいのです」

「さっきも言った通り、これはおれが書いたものじゃないんだ。だから勝手に売ったりはできないよ」

「そのお書きになった方とご相談いただけませんか？」

「今、連絡取れないんだよ」

「それは困りましたねえ」

長坂誠はスマホから目を逸らして、もう一度パンフレットを確かめてみた。書画や壺、茶器などが並んでいるが、いずれも目の玉が飛び出るような値段が表示されている。

「ちなみに幾らで買い取るつもりなんだい？」

遠慮がちに尋ねてみると、林は「そうですねえ」と呟きながら、スーツケースの中から百万円の札束を二束取り出して、小机の上に置いた。長坂誠は、絶句した。それを見て、林は畳み掛けるように言った。

「これ、一枚のお値段です。従いまして……」

もう二束、スーツケースの中から取り出された。合わせて四百万円の札束が、小机の上に置かれた。

長坂誠はうーむと唸って、考え込んだ。

「この襖に、そんな価値があるのかい？」

「あります」

林はきっぱりと断言し、

「ぜひお願いします」

と言って頭を深く下げた。長坂誠は激しく葛藤した。

「いや、しかし……この襖自体はアパートの大家のものだからなあ。売るとなると、替えの襖が……」

「その点ならご心配には及びません。失礼ながら同じサイズ、同じ色の襖を用意してあります。今、下で待機させてますから、呼びましょうか」

林はこちらの答えを待たずに、スマホを取り出し、持ってくるようにと告げた。

「ずいぶん用意がいいんだな」

用意がよすぎて、却って怪しい。札束の一つを手に取って、確かめてみる。贋札ではない。

「これ、汚い金じゃないだろうな？」

「決してそのようなことはございません」

外階段に足音が響き、扉がノックされた。どうぞ、と応じると、若い奴が二人、新しい襖を手にして現れた。なるほどこの部屋のものとまったく同じ襖だ。林はスーツケースの中から領収書を取り出し、金額の欄に四百万円と記入した。あとは受領者の欄に名前を記入するだけだ。

「いかがでしょう」

長坂誠は考え込んだ。圭と真子の顔が脳裏に浮かぶ。母親が見つかったのは、本当に喜ばしいことだが、これから先の生活のことを考えると、ただ喜んでばかりはいられない。あの二人も、母親も一文なしなのだ。四百万、そっくり渡してやったら、三人はどんなに喜ぶだろう。たとえこれが汚い金だったとしても、三人が助かることに変わりはない。

「よし、分かった。売ろう」

長坂誠は意を決して、領収書にサインした。

「ありがとうございます！」

同時に二人の若い奴らが入ってきて、慎重な手つきで襖を外しにかかる。表面を傷つけないように障子紙と緩衝材を巻きつける。そして代わりに新しい襖を嵌《は》め込む。サイズも色もぴったりだ。「原状回復しろよ！」と喚いていた、大家の桜木の顔が浮かぶ。

「本当にありがとうございました」

林はもう一度、深々と頭を下げた。

「もし何かございましたら、いつでもご連絡ください。名刺に私の携帯の番号も書いてあります。また、このような書をお書きになることがあれば、すぐさまご一報ください。飛んでまいりますので」

二人の若い奴らに続いて、林は部屋を出ていった。まるでつむじ風が通り抜けていった後に、四百万円の札束が残されたような感じだった。

「何じゃこりゃ?」

長坂誠は新しくなった襖と四百万円の札束を前にして、しばらく茫然としていた。

中国、広東省。松山湖のほとり。

襖の売買の生中継を見終わった王中毅は、孫の王水理に尋ねた。

「この男、どう見るね?」

水理はしばらく考えてから、答えた。

「義に厚い人物ですね。そして情が深い」

「その通り」

「この二つは長所であると同時に、短所でもあるようです」

「そうだ。佳《よ》き男だ」

「最近、身内を亡くしたのではないでしょうか」

「ほお、それが分かるか」

「いえ、先ほどの映像の中に、不祝儀袋が映っていたものですから」

「何だ、そうか。腕を上げたのかと思った」

「何か、手助けをしてやりましょうか？」

「いや、何もするな。花は野に咲かせておけ、だ」

王中毅はジャスミン茶を碗に注ぎ、一口飲んだ。

「それよりもあの圭という少年の方が気になる。影はもう送り込んだのか？」

「明後日、隣の22号室に入る予定です」

「慎重にな」

王中毅の脳裏には、あの日湖面に跳ね上がった鯉の銀色の腹が彷彿としていた。

23

暑い。

八月十九日の土曜日、午後二時。長坂誠は御茶ノ水の楽器店にいた。中古ギターのコーナーを中心に、もう二時間以上も店内をうろうろしている。

この一週間、仕事の方は相変わらずだったが、帰宅してからは色々あった。

まず第一は、四百万円の隠し場所だ。こんなぼろアパートにそんな大金があるなんて、誰も思わないだろうが、万が一ということもある。それにあの林という男。一旦与えておいて、奪いにくる可能性だって、なきにしもあらずだ。長坂誠は四百万円の札束を、冷蔵庫に隠したり、壊れたギターの中に隠したりしたが、仕事で家を空ける度に、気が気ではなかった。結局、落ち着いたのは、冬用の掛け布団の中だった。札束はラップで包んでレジ袋に入れ、ガムテープで留めた。それを掛け布団の中に忍ばせ、四つに畳んで押入れに押し込んである。

もう一つの変化は、月曜日に隣の22号室に引っ越してきた男があったことだ。四本木《しほんぎ》という変わった名前の三十代の男だ。夜、挨拶に来たのだが、愛想はいいけれど目つきの鋭い男だった。四百万が手に入った直後のことなので、長坂誠は必要以上に警戒した。

不思議だったのは、四本木が挨拶に来た後、23号室の様子を確かめてみたら、電気が点いていたことだ。外へ出て、水道の元栓を確認すると、ロックが解除されていた。いつの間にこうなったのだろう。一体誰が？　分からないが、まあこれは喜ばしいことだ。

さらにもう一つ喜ばしいことは、ユーチューブの再生回数だ。それは今朝の時点で、六百万回を超えていた。同時に、毎日百通以上のメールが届くようになった。その多くは、明らかに自動翻訳機能を使った中国からのメールで、玉石混交の内容だった。

〈あなたの魅力的な音楽活動は私が好きです。一緒に活動する夢が私は望みます〉

〈有名なあなたの書は世界的と思います。私は好きな書を望んでいます。連絡ください〉

こんな感じのメールやコメントが、山ほど届いたのだ。一々目を通すのは面倒だったが、中には日本の大手音楽事務所からのメールもあった。〈マコとマコト〉を本格的にデビューさせるから、マネージメントをやらせてくれないか、というような内容だった。ずいぶんおいしい話だが、そう軽々しく信用するわけにはいかない。まず真子の帰りを待って、意見を聞いてみてからの話だ。しかし一応、ギターだけは用意しておかなければ。そう思って、長坂誠は御茶ノ水の楽器店を訪れたのだった。

「イケてますねえ」

茶髪の若い店員が、声をかけてきた。長坂誠は中古のフラメンコギターを手にして、パコ・デ・ルシアの曲を爪弾いているところだった。

「これ、値札ついてなかったけど、幾ら？」

「八十万円ですね」

絶望的な金額だ。長坂誠はそのフラメンコギターを元の場所に戻して、改めて中古ギターのコーナーを眺め渡した。マーチン、テイラー、ギブソン。中古だが、いずれも十万円を超える値段のものばかりだ。長坂誠の懐には、母光枝からもらった二万四千円入りの茶封筒が忍ばせてあった。

「これなんか、どうです?」

若い店員は、三十万円の値札がついた格好いいマーチンを勧めてきた。

「いや、無理だな。もっと安いやつじゃないと」

「プレゼントですか?」

「まあ、そんなところだ。その端っこに置いてあるやつは、ヤマハかい?」

「無銘だけど、元はヤマハです。これはお買い得ですよ。ほぼ新品です」

そう言って、若い店員はそのギターを手渡してくれた。値段は二万三千円だ。チューニングして、軽くザーンと弾いてみる。若い音がした。深みはないが、フレッシュだ。今の自分には、これくらいがお似合いじゃないのか。おふくろの顔が浮かぶ。しばらく爪弾いてみてから、長坂誠は言った。

「これをもらおう」

「ありがとうございます。お孫さん、喜びますよ」

若い店員はそんなことを言って、嬉しそうに微笑んだ。早速レジ前へ行って、茶封筒を取り出す。

〈がんばれ誠〉の字を眺めながら、

「おふくろ。遣わせてもらうよ」

と心の中で手を合わせる。二万三千円取り出すと、茶封筒の中には五百円玉が二枚、残った。これはお守りにしよう。茶封筒を二つに折って、ポケットにしまう。

「ケースは、どうします？」

「ケースはいらない」

「あ、じゃあ布のケース、サービスでつけますね」

「ありがとう」

若い店員はレジの下から安っぽい布ケースを取り出すと、その中にギターを入れた。と、そこへスマホが鳴り出した。公衆電話からだ。出てみると、真子の声が響いた。

「おじちゃん？　おじちゃん？」

「おお、真子。どうした？」

「お母さんね、お母さんね、退院するよ！　これから帰るところなの！」

「今、どこだ？」

「病院だよ。八王子の病院。今からね、所長さんの車で家に帰るの。圭も一緒だよ」

「そうか。よかったなあ。お前、鍵あるのか？」

「鍵？　あるよ。あたしの鍵。おじちゃん、どこにいるの？　家じゃないの？」

「今、御茶ノ水にいるんだ。もう用事は済んだから、これからさくら荘に帰るよ。それでな……」

話したいことは山ほどあった。が、何から話せばいいのか躊躇っているうちに、電話は切れてしまった。

「リボンとか、おつけしましょうか？」

すぐそばでやりとりを聞いていた若い店員が、笑顔で声をかけてくる。

「いやあ、リボンはいいよ。ありがとう」

苦笑いで応え、布ケースに包まれたギターを受け取る。実に心地よい重みだ。胸が弾む。

楽器店を出て、直射日光を脳天に浴びながら、御茶ノ水駅に向かう。暑さのせいなのか、土曜日なのに人通りはそれほど多くない。

そうだ、カレーを作ろう。下りの中央線の中で、不意にそう思いつく。お母さんの退院祝いに、とびきり美味しい茄子カレーを作ろう。

武蔵小金井で下車すると、駅近くのスーパーに向かう。ギターを抱えたままの買い物は大変だけれど、心ははしゃいでいる。

野菜のコーナーには、ぴかぴかに黒光りする頃合いの茄子があった。玉ねぎ、ニンジン、ニンニク、豚ひき肉。辛口のカレールーとオリーブオイル。それから隠し味のインスタントコーヒーを購入する。

これらを入れたレジ袋を右手に、ギターを左手に持って、スーパーを後にする。

北へ向かうバスは今さっき行ってしまったばかりで、十五分ほど待たなければならない。噴き出た汗が、額から頬を伝う。母子三人は、もうさくら荘に着いているだろう。一体何から話せばいいのか。そればかりを考える。

ようやくバスに乗り込んで、さくら荘に帰り着いたのは、四時に近い時刻だった。近づいていくと、ちょうど外階段を下りてくる宅配業者とばったり出くわした。

「あ、長坂さんですか?」

「そうです」

「よかったあ。お荷物です」

小さな、細長い包みだ。送り主は七福貿易の林真一で、品名の欄には〈墨、筆〉と書いてある。

「サインで結構ですよ」

ボールペンで受け取りのサインをして、包みをレジ袋に入れ、外階段を上る。扉を開けて、すべての荷物を中へ放り込み、すぐさま23号室へ向かう。

扉をノックすると、部屋の中で真子が「あ！」と声を上げるのが聞こえた。

「おじちゃん！　おかえり！」

扉が開き、真子が子犬のように飛びついてくる。圭も駆け寄ってきて、出迎えてくれた。たった一週間なのに、もう一年も会えなかったかのように思える。

「真子、元気か。圭も無事か」

「元気だよう。おじちゃんこそ、大丈夫？」

「おれは大丈夫だよ」

「お母さん！　お母さん！　おじちゃんだよ。このおじちゃんが助けてくれたんだよ」

見ると、奥の六畳間に生方恵が座っていた。目が合った瞬間、二人ははっとして見つめ合った。一月に挨拶にきた時は、マスクをしていたから気づかなかったが、こんな美人だったのかと思った。一方、恵は長坂誠のことを、亡くなった夫の圭太郎に似ている、と思ったのだ。

「まあ、まあこの度はうちの子たちがお世話になりまして。本当にありがとうございます」

「いえ、お世話なんて。大したことはしてませんよ。それよりお母さん、お身体の方は、もう大丈夫なんですか」

「ええ、おかげさまで。まだちょっとぼんやりしてますけど、大丈夫です」

「おじちゃん、ありがとう！　電気もガスも水道も！　ありがとう」

「え？　それはおれじゃないよ」

「嘘。おじちゃんでしょ？」

「いや、おれじゃないよ。そのう、所長さんとかいう人じゃないのか？」

「違うよ。びっくりしてたもん」

「その所長さんは？　どこにいるんだ？」

「何かね、電話が入ってね、すぐ帰っちゃった。後でまた来るって言ってた」

「そうか。ま、いいや。とにかくお母さん、無事でよかったですね。ほんと安心しました」

「ありがとうございます。ご心配おかけしまして」

長坂誠は、真子の背後に控えている圭の顔を見て、急に思い出した。

「圭、お前に見せたいものがあるんだ。ちょっと待ってて」

21号室に取って返す。中はものすごい蒸し暑さだ。エアコンをつけ、押入れの襖を開ける。掛け布団を引っ張り出し、中から札束入りのレジ袋を取り出す。さっき届いたばかりの小包とスマホを手に、23号室に戻る。

三人は、奥の六畳間に座っていた。エアコンが効いていて、室内は涼しい。壁のコンセントには、三口のタップが嵌まっている。その中には盗聴器が内蔵されていて、室内の会話は中国にいる王中毅のもとに届いている。

「まずお母さん、これを見てください」

スマホを操作して、ユーチューブに投稿した〈マコとマコト〉の動画を見せる。

「真子、再生回数を見てみろ。あ、また増えてる！　七百万回を超えてるぞ」

「マジで？　ほんとだ！　バズってる！」

「大手の音楽事務所から、マネージメントさせてくれってメールもきてるぞ。それだけじゃない」

長坂誠はまず、さっき届いたばかりの小包を圭に手渡して、話し出した。

「この七福貿易の林って男がな、先週訪ねてきたんだよ。それでな、お前が書を書いたあの襖を売ってくれって言うんだ。お前と相談してからじゃないとだめだって、一旦は断ったんだけど……すまん。おれ、勝手に売ってしまった」

長坂誠は頭を下げ、レジ袋の中から札束を取り出した。包んでいたラップを剝がし、四百万円を圭の前に差し出した。三人はびっくりして、啞然とした表情を浮かべた。

「圭、これはお前のものだ」

何とも言えない沈黙が、室内に漂った。やがて、圭が口を開いた。

「こっちはなあに？　開けてもいい？」

「開けてみろ。多分筆と墨だ。それもお前のものだよ」

言われて圭は、丁寧に包装紙を解いた。箱の蓋を開けると、墨の好い香りがした。筆の方も、素人目にも明らかに立派な品だった。圭はぱっと表情を明るくした。

「これは年代物の墨だね。すごくいい墨」

言いながら筆を手に取り、

「筆も最高。こんな筆、見たこともないや」

圭は嬉しそうに、宙に字を書いて見せた。それから札束の方に目を留めると、

「これは、みんなで分けようよ」

そう言って、百万ずつ三人に手渡した。母親の恵と真子は、驚いたまま口もきけない。

「いや、おれは受け取れないよ。これはお前のものだ。お前が稼いだんだ」

そう断って、百万円を返そうとすると、圭は大人っぽい声で言った。

「僕たちはチームなんだろ? おじちゃん、自分で言ったじゃないか。チームっていうのは、負けた悔しさも、勝った喜びも、分かち合うんだろ?」

長坂誠は何も応えられなかった。母親の恵は、両掌で顔を覆ってわっと泣き出した。

遠い中国で、一部始終を聞いていた王中毅は、思わずもらい泣きしていた。この男、野に咲かせておくにはあまりにも惜しい人物だ。そしてこの少年の話しぶりはどうだ! まさに千年に一人の傑物。

二人とも、胸を張れ。そして空を仰ぐがいい。天はお前たちを決しておきざりにはしないぞ。

「分かった。圭、お前の言う通りにする。これは勝った喜びだもんな」

長坂誠は百万円の束を押し頂いた。そして母親の恵に向かって、こう尋ねた。

「お母さん、お腹空いてませんか?」

「え？　ええ、まあ」

「おれ、カレー作りますから、食べませんか？」

「おじちゃんのカレー、めちゃ美味しいんだよ！　あたしも手伝う！」

「いや、お前たちはお母さんのそばにいろ。おれが作る。百万円のカレーだ」

「超高級カレーだね」

圭はそう言って、明るい笑い声を立てた。涼しく、和やかな風が、吹き抜けていくようだった。

24

まず五合の米を研いで、炊飯器のスイッチを入れる。

茄子のヘタを取って乱切りにし、水にさらす。玉ねぎとニンニクを粗みじんに切って、鍋の底にオリーブオイルを敷き、弱火で炒める。いい匂いがしてきたら、ひき肉を入れて、さらに炒める。それから水気を切った茄子と乱切りにしたニンジンを投入。料理酒を加え、アルコール分が飛んだら、水適量とカレールー、隠し味のインスタントコーヒーを大さじ一杯。弱火で静かに煮る。

長坂誠は一旦台所を離れ、六畳間の座椅子に腰を下ろした。小机の上には、百万円の札束が置いてある。これは、おふくろに送ってやるべきだな。喜ぶだろうなあ。傍らには、古新聞と一緒に、かつて襖に貼っておいた詩の原稿用紙が何枚か重ねて置いてある。一枚ずつ読んでいくうちに、「これだ」という一編を見つけた。メロディが、湧き上がってくる。題名は「ほんとうの歌」という。

立ち上がり、布ケースのジッパーを開けて、無銘のギターを取り出す。弾き初めだ。チューニングして、宙に向かって「おふくろ、聴いてくれ」と呟く。それから、歌い出す。

俺を見ていろ　俺を見ろ

もっと俺に
もっと俺になってやる

金もなければ女もない
才能なんてどこかに忘れた

生きてる限り馬鹿王子
それでも言えるぜありがとう

俺を見ていろ　俺を見ろ
もっと俺に
もっと俺になってやる

明日を見ていろ　明日を見ろ
きっと本当に
きっと本当にしてみせる

恋もなければ　愛もない

悲しみなんてなんだか忘れた
いつも他人の花が咲く
それでも言えるぜありがとう

明日を見ていろ　明日を見ろ
きっと本当に
きっと本当にしてみせる

明日はどうなるのか、分からない。ましてや一年後、何がどうなるのかなんて、誰にも分からない。ただ直近の未来は今、鍋の中でぐつぐつと音を立てて煮えている。そして幸先のいい匂いを漂わせているることだけは確かだ。

長坂誠の旅は、続く。

本書の六七—六八ページに登場する王羲之に関する記事は、以下のウェブサイトから引用しました。

「王羲之」『世界史の窓』「ハイパー世界史用語集」、https://www.y-history.net/appendix/wh0301-078.html（二〇二四年七月一八日参照）

「王羲之」『フリー百科事典　ウィキペディア日本語版』、二〇二四年六月一一日（火）04：58 UTC、https://ja.wikipedia.org/wiki/王羲之（二〇二四年七月四日参照）

「王羲之」『百科事典マイペディア』コトバンク、https://kotobank.jp/word/王羲之-38607（二〇二四年七月四日参照）

原田宗典

1959年生まれ．早稲田大学第一文学部卒業．1984年に「おまえと暮らせない」ですばる文学賞佳作．主な著書に『スメル男』(講談社文庫)，『醜い花』(奥山民枝 絵，岩波書店，2008年)，『やや黄色い熱をおびた旅人』(岩波書店，2018年)，『〆太よ』(新潮社，2018年)，『メメント・モリ』(岩波現代文庫)，訳書にアルフレッド・テニスン『イノック・アーデン』(岩波書店，2006年)がある．

おきざりにした悲しみは

2024年11月 8 日　第1刷発行
2025年 4 月15日　第2刷発行

著　者　原田宗典《はらだむねのり》

発行者　坂本政謙

発行所　株式会社 岩波書店
〒101-8002 東京都千代田区一ツ橋 2-5-5
電話案内 03-5210-4000
https://www.iwanami.co.jp/

印刷・精興社　製本・牧製本

ISBN 978-4-00-061665-2　Printed in Japan
JASRAC 出 2406875-502

メメント・モリ　原田宗典
岩波現代文庫
定価一〇七八円

やや黄色い熱をおびた旅人　原田宗典
四六判二二二頁
定価一六五〇円

デザインのデザイン　原　研哉
四六判二三六頁
定価二〇九〇円

岩波文庫的
月の満ち欠け　佐藤正午
A6判四一〇頁
定価　九三五円

岩波書店刊

定価は消費税10%込です
2025年4月現在